Esta edição foi feita
com carinho pela TAG
para seus associados

Mistérios
perdidos

***Mistérios perdidos*, de Sir Arthur Conan Doyle**
Texto segundo o Acordo Ortográfico da Língua Portguesa.
Títulos originais dos contos: The ring of Thoth; The Lord of Château Noir; Lot No. 249
Primeira edição publicada pela TAG – Experiências Literárias: 2020

Coordenação editorial e edição Estevão Azevedo
Supervisão editorial TAG – Experiências Literárias
Fernanda Grabauska, Laura Viola, Luísa Santini Januário,
Nicolle Ortiz, Rafaela Pechansky e Sophia Maia
Tradução Lígia Azevedo
Preparação Adriane Piscitelli
Revisão Elisa Martins e Erika Nakahata
Projeto gráfico e diagramação Bruno Miguell Mesquita e Kalany Ballardin
Ilustrações Gabriela Basso
Produção gráfica Lilia Góes

Doyle, Arthur Conan, 1859-1930
Mistérios perdidos / Arthur Conan Doyle ; [ilustração Gabriela Basso ; tradução Lígia Azevedo]. – Porto Alegre: TAG – Experiências Literárias, 2020.

ISBN 978-65-88526-00-2

1. Ficção policial e de mistério (Literatura inglesa) I. Basso, Gabriela. II. Título.

20-43020 CDD-823.0872

Índices para catálogo sistêmico:
1. Ficção policial e de mistério: Literatura inglesa 823.0872
Cibele Maria Dias – Bibliotecária – CRB-8/9427

Rua Câncio Gomes, 571 – Floresta, Porto Alegre, RS

Mistérios perdidos

DE SIR ARTHUR CONAN DOYLE

TAG

O anel de Tot

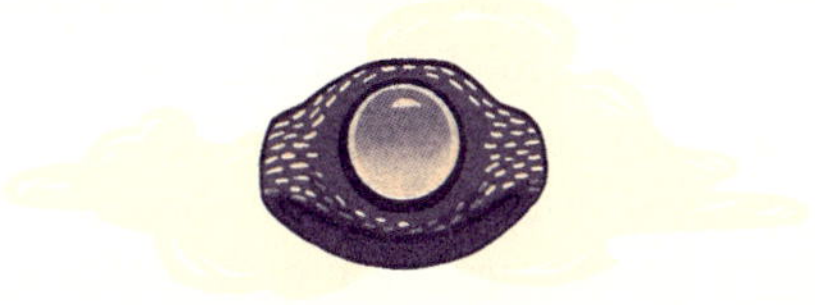

O sr. John Vansittart Smith, membro da Sociedade Real, residente à Gower Street, n. 147A, era um homem cuja força de vontade e cuja clareza mental poderiam tê-lo posto no primeiríssimo escalão de observadores científicos. Ele foi vítima, no entanto, de uma ambição universal que o levou a aspirar a distinção em diversos temas em vez da preeminência em um. Em sua juventude, ele demonstrara aptidão para a zoologia e para a botânica, o que fazia com que seus amigos o vissem como um segundo Darwin, mas, quando uma cátedra de professor estava quase ao seu alcance, ele interrompera de repente seus estudos e voltara toda a sua atenção à química. Ali, suas pesquisas acerca de espectros de emissão de metais lhe renderam a posição na Sociedade Real; porém, mais uma vez, tratou de forma coquete seu tema e, após um ano de ausência no laboratório, juntou-se à Sociedade Oriental e publicou um trabalho a respeito das inscrições hieroglíficas e demóticas em Nequebe, apresentando assim um exemplo perfeito tanto da versatilidade quanto da inconstância de seus talentos.

Contudo, mesmo o mais volúvel dos galanteadores pode acabar sendo fisgado, e foi dessa forma com John Vansittart Smith. Quanto mais se enfurnava na egiptologia, mais se impressionava pelo vasto campo que abria ao pesquisador e pela extrema importância de um assunto que prometia lançar luz em relação às primeiras sementes da civilização humana e à origem da maior parte de nossas artes e ciências. Tão impactado ficou o sr. Smith que se casou depressa com uma jovem egiptóloga que havia escrito a respeito da sexta dinastia, e assegurando desse modo uma base de operações sólida, pôs-se a coletar material para um trabalho que deveria unir a investigação de Lepsius e a inventividade de Champollion. A preparação dessa *magnum opus* envolvia diversas visitas apressadas à magnífica coleção egípcia do Louvre, na última das quais, não antes de meados de outubro, ele se viu envolvido na mais estranha e notável aventura.

Os trens tinham se deslocado devagar, e o canal se mostrara agitado, de modo que o estudioso desembarcara em Paris numa condição um tanto entorpecida e febril. Ao chegar ao Hôtel de France, na Rue Laffitte, ele se atirara no sofá por um par de horas e ali permanecera, mas, percebendo-se incapaz de dormir, decidiu, apesar de sua fadiga, seguir até o Louvre, para esclarecer a questão que tinha vindo resolver e tomar o trem noturno de volta a Dieppe. Tendo chegado a tal conclusão, vestiu seu sobretudo, pois era um dia chuvoso, e abriu caminho pelo Boulevard des Italiens e pela Avenue de l'Opéra. Uma vez no Louvre, encontrou-se em terreno conhecido e logo seguiu para a coleção de papiros que era sua intenção consultar.

Nem os mais acalorados admiradores de John Vansittart Smith poderiam alegar que ele era um homem bonito. Seu nariz adunco e seu queixo proeminente traziam algo do mesmo caráter aguçado e incisivo que distinguia seu intelecto. Ele sustentava sua cabeça à maneira de um pássaro, e era típico de um pássaro também o movimento de bicar com o qual, em conversas, emitia suas objeções e réplicas. Da forma como se apresentava, com a gola de seu sobretudo levantada até as orelhas, ele poderia ter visto no reflexo da vitrine à sua frente que sua aparência era singular. Contudo, foi como se de repente o tivessem atingido quando uma voz inglesa por detrás exclamou num tom bastante audível: "Que mortal de aparência mais estranha!".

O estudioso tinha uma bela dose de vaidade mesquinha em sua composição, que se manifestava por um desrespeito ostensivo e exagerado a todas as considerações pessoais. Ele endireitou os lábios e olhou rigidamente para o rolo de papiro, enquanto seu coração se preenchia de amargura contra toda a raça dos viajantes britânicos.

“Sim”, outra voz disse, “trata-se mesmo de um sujeito extraordinário.”

“Sabe”, a primeira voz disse, “seria quase possível acreditar que a contemplação contínua de múmias transformou esse homem numa espécie de múmia também!”

“Ele com certeza tem um semblante egípcio”, disse a outra voz.

John Vansittart Smith virou-se com a intenção de envergonhar seus compatriotas com um ou outro comentário corrosivo. Para sua surpresa e seu alívio, os dois jovens que conversavam tinham os ombros voltados para ele e contemplavam um dos funcionários do Louvre, que polia um objeto de latão do outro lado da sala.

“Carter deve estar nos esperando no Palais Royal”, um turista disse ao outro, olhando para o relógio, então os passos dos dois ressoaram, deixando o estudioso com seu trabalho.

Imagino o que esses tagarelas consideram um semblante egípcio, pensou John Vansittart Smith, então alterou sua posição levemente para ter um vislumbre do rosto do homem. Sobressaltou-se quando seus olhos pousaram nele. Era, de fato, o rosto com que havia se familiarizado em seus estudos. Os traços harmoniosos e majestosos, a fronte larga, o queixo bem arredondado e a tez parda eram uma cópia exata dos inúmeros sarcófagos, estátuas e imagens que adornavam as paredes da sala. Não podia ser mera coincidência. O homem devia ser egípcio. Os ombros ossudos e os quadris estreitos por si só seriam suficientes para identificá-lo como tal.

John Vansittart Smith aproximou-se do funcionário cogitando abordá-lo. Não conversava com facilidade, achava difícil atingir um meio-termo satisfatório entre a rispidez do superior e a jovialidade do igual. Quando ele ficou bem perto, o homem apresentou a lateral do rosto, mas manteve o olhar voltado ao trabalho. Vansittart Smith, fitando a pele do outro, teve consciência de uma impressão repentina de que nela havia algo de inumano e sobrenatural. Acima da têmpora e da maçã do rosto era tão lustrosa e brilhante quanto um pergaminho envernizado. Não havia nem sinal de poros. Não se poderia imaginar uma gota de umidade naquela superfície árida. Entretanto, da testa ao queixo ela era marcada por um milhão de rugas delicadas, que se projetavam e se entrelaçavam como se a natureza, num humor maori, tivesse experimentado com o padrão mais selvagem e intricado que pudera conceber.

"*Où est la collection de Memphis?*", perguntou o estudioso, com o ar desconfortável de um homem que faz uma pergunta com o único propósito de iniciar uma conversa.

"*C'est là*", respondeu o homem bruscamente, apontando com a cabeça para o outro lado da sala.

"*Vous êtes un Egyptien, n'est-ce pas?*", indagou o inglês.

O funcionário ergueu os olhos escuros e estranhos em direção ao autor da pergunta. Eram vítreos, com um brilho seco e nebuloso como Vansittart Smith nunca havia visto num humano. Enquanto os fitava, notou uma emoção poderosa se reunir em suas profundezas, a qual se elevou e afundou até se desdobrar num olhar semelhante tanto ao horror quanto ao ódio.

"*Non, monsieur; je suis français.*" O homem se virou de maneira abrupta e se debruçou sobre o que polia. O estudioso o encarou por um momento, perplexo, então, rumou para uma cadeira num canto afastado, atrás de uma das portas, e voltou a tomar notas de suas pesquisas no meio dos papiros. Seus pensamentos, no entanto, recusavam-se a retornar a seu fluxo natural. Regressavam ao funcionário enigmático com rosto de esfinge e pele de pergaminho.

Onde é que já vi tais olhos?, Vansittart Smith disse a si mesmo. Há algo de sáurio neles, algo de reptiliano. Algo da membrana nictitante das cobras, ele conjecturou, recorrendo a seus estudos de zoologia. Provoca o efeito brilhante. No entanto, há algo mais ali. Havia uma percepção de poder, de sabedoria — assim os li — e de fadiga, fadiga extrema e um desespero inefável. Pode ser apenas imaginação, mas nunca tive uma impressão tão forte. Por Jove, devo dar mais uma olhada nele! Ele se levantou e caminhou pelas salas egípcias, mas o homem que havia despertado sua curiosidade desaparecera.

O estudioso voltou a se sentar no canto tranquilo, retomando o trabalho com as notas. Tinha encontrado as informações de que necessitava nos papiros, e só lhe restava transcrevê-las enquanto ainda estavam frescas na memória. Por algum tempo, seu lápis viajou depressa sobre o papel, mas logo as linhas se tornaram menos retas, as palavras, menos distintas, e por fim o lápis tilintou ao cair no chão, e a cabeça do estudioso pendeu com todo o peso para a frente, próxima ao peito. Cansado da viagem, ele dormiu tão profundamente em seu posto solitário atrás da porta que nem o retinir dos vigias, nem os passos dos visitantes, nem mesmo o sinal alto e rouco que anunciava o fechamento foram suficientes para despertá-lo.

O crepúsculo se aprofundou em escuridão, o alvoroço da Rue de Rivoli cresceu e esvaneceu, a distante Notre-Dame ressoou meia-noite, e a figura escura e solitária permanecia em silêncio nas sombras. Só perto da uma da manhã é que, com uma arfada e uma inspiração repentinas, Vansittart Smith recuperou a consciência. Por um momento, passou-lhe pela cabeça que havia pegado no sono na cadeira do escritório de sua casa. No entanto, a lua brilhava de maneira intermitente através da janela desprovida de veneziana, e conforme seus olhos passaram pelas fileiras de múmias e pela variedade infinita de sarcófagos polidos, recordou-se claramente de onde estava e de como fora parar ali. O estudioso não era um homem nervoso. Era dotado daquele amor por uma situação nova que é peculiar à sua raça. Esticando os membros rígidos, olhou para o relógio e irrompeu em risos ao constatar que horas eram. O episódio serviria como uma anedota admirável em seu próximo trabalho, um alívio a especulações mais sóbrias e pesadas. Sentia um pouco de frio, mas estava bem desperto e bastante revigorado. Não era de admirar que os vigias não o tivessem notado, pois a porta lançava uma pesada sombra preta sobre ele.

O silêncio absoluto era impressionante. Não havia rangido ou murmúrio nem do lado de fora nem do lado de dentro. Ele estava sozinho com homens mortos de uma civilização morta. Que diferença fazia se o exterior cheirava à pompa do século XIX? Em toda aquela sala, mal havia um artigo, da espiga murcha de trigo à caixa de pigmentos do pintor, que não tivesse sobrevivido a quatro mil anos. Ali estavam os despojos trazidos pelo grande oceano do tempo daquele império distante. Da majestosa Tebas, da nobre Luxor, dos grandes templos de Heliópolis, de uma centena de tumbas pilhadas aquelas relíquias tinham sido trazidas. O estudioso olhou ao redor para as figuras havia muito em silêncio que tremeluziam vagamente através da escuridão, para os trabalhadores ocupados que agora estavam tão descansados, e seu ânimo se tornou reverente e reflexivo. Uma percepção rara de sua própria juventude e insignificância tomou conta dele. Voltando a se recostar na cadeira, em devaneios contemplou a longa perspectiva de salas, todas prateadas pelo luar, que se estendia por toda a ala da vasta

construção. Seus olhos recaíram sobre o brilho amarelado de uma lamparina ao longe.

John Vansittart Smith permaneceu sentado na cadeira com os nervos à flor da pele. A luz avançava devagar em sua direção, parando de tempos em tempos, então tornando a se aproximar com um solavanco. Quem a segurava se movia sem produzir ruído. No silêncio completo, não havia sequer um mísero ruído de passo. A ideia de ladrões adentrou a mente do inglês. Ele se encolheu ainda mais no canto. A luz estava a duas salas de distância. Agora estava na câmara seguinte, e ainda não havia nenhum som. Com algo que se aproximava da palpitação do medo, o estudioso observou um rosto que parecia flutuar atrás da chama da lamparina. A figura estava envolta em sombras, mas a luz atingia em cheio o rosto estranho e ávido. Não havia como confundir os olhos metálicos e resplandecentes e a pele cadavérica. Era o funcionário com quem ele havia conversado.

O primeiro impulso de Vansittart Smith foi de se aproximar e abordá-lo. Uma explicação em poucas palavras deixaria tudo claro e sem dúvida faria com que fosse conduzido a uma porta lateral a partir da qual poderia seguir seu caminho ao hotel. Conforme o homem entrou na sala, no entanto, tornou-se notável algo tão sorrateiro em seus movimentos e tão furtivo em sua expressão que as intenções do inglês se alteraram. Claramente não se tratava de um funcionário qualquer fazendo a ronda. O sujeito usava chinelos com sola de feltro, pisava de peito erguido e olhava ligeiro da esquerda para a direita, enquanto sua respiração apressada e ofegante fazia a chama da lamparina trepidar. Vansittart Smith se agachou em silêncio no canto e o observou com entusiasmo, convencido de que a missão dele era secreta e que talvez tivesse consequências sinistras.

Não havia hesitação nos movimentos do outro. Pisava com leveza e rapidez em direção a uma das vitrines maiores, então apanhou uma chave do bolso e a abriu. Da prateleira superior, tirou uma múmia, que, com todo o cuidado e solicitude, colocou no chão. Ao lado, deixou a lamparina, então se agachou ao modo oriental e começou a desenrolar com seus dedos compridos e trêmulos a mortalha e as faixas que a envolviam. Conforme as tiras de linho eram removidas uma depois da outra, um aroma forte preencheu a sala, e fragmentos de madeira perfumada e especiarias tamborilavam contra o piso de mármore.

Ficou claro para John Vansittart Smith que aquela múmia nunca havia sido desenfaixada. A operação o interessava profundamente. Ele se excitou todo, com curiosidade, e projetou sua cabeça de pássaro mais e mais por detrás da porta. Quando, no entanto, a última tira de linho começou a ser removida da cabeça de quatro mil anos, ele não pôde mais reprimir uma exclamação de espanto. Primeiro, viu uma cascata de cachos pretos, compridos e brilhantes espalhada pelas mãos e pelos braços do funcionário. Uma segunda volta revelou uma testa baixa e branca, e um par de sobrancelhas delicadamente arqueadas. Uma terceira descobriu dois olhos brilhantes com cílios longos e um nariz reto e bem-feito, enquanto a quarta e última mostrou uma boca doce, cheia e frágil, e um queixo curvado com perfeição. O rosto todo era de extraordinário encanto, a não ser pelo único defeito de que no centro da testa houvesse uma mancha irregular, cor de café. Era o triunfo da arte do embalsamador. Os olhos de Vansittart Smith se arregalaram cada vez mais conforme fitavam aquilo, e sua garganta produziu um ruído de satisfação.

Seu efeito sobre o egiptólogo, no entanto, não era comparável ao que teve sobre o estranho funcionário. Ele jogou as mãos para o alto, irrompeu num duro fragor de palavras e então, lançando-se no chão ao lado da múmia, abraçou-a e beijou repetidamente seus lábios e sua testa. "*Ma petite!*", gemeu em francês, "*Ma pauvre petite!*" Sua voz falhou de

emoção, e suas inúmeras rugas estremeceram e se distorceram, mas o estudioso observou à luz da lamparina que seus olhos brilhantes permaneciam secos e desprovidos de lágrimas, como duas contas de aço. O funcionário ficou ali deitado por alguns minutos, com o rosto retorcido, sussurrando e lamentando àquela bela cabeça. Então, de súbito, sorriu, disse algumas palavras numa língua desconhecida e se postou de pé com o ar vigoroso de alguém que se prepara para uma empreitada.

No centro da sala, havia uma vitrine grande e circular que continha, conforme o estudioso notara com frequência, uma coleção magnífica de anéis e de pedras preciosas do Egito Antigo. Foi para lá que o funcionário caminhou, destrancando-a e abrindo-a. Num suporte lateral, apoiou a lamparina e depois um pequeno cântaro de barro que havia tirado do bolso. O funcionário apanhou uma porção de anéis da montra e, com a expressão muito séria e ansiosa, passou a besuntar um por um com a substância líquida que havia no cântaro, segurando--os contra a luz ao fazê-lo. Ficou claramente decepcionado com a primeira leva, pois jogou os anéis de maneira petulante de volta à vitrine e retirou outros. Um deles, um anel enorme com um grande cristal, o funcionário avaliou e testou avidamente com o conteúdo do cântaro. No mesmo instante, proferiu um grito de alegria e ergueu os braços num gesto bravio que derrubou o cântaro e fez seu conteúdo escorrer pelo chão até os pés do inglês. O funcionário pegou um lenço vermelho do peito e, limpando a sujeira, seguiu-a até o canto, onde logo se viu cara a cara com seu espectador.

"Com licença", disse John Vansittart Smith, com toda a educação imaginável. "Tive a infelicidade de adormecer atrás desta porta."

"E esteve me observando?", o outro perguntou em inglês, com uma expressão das mais peçonhentas em seu rosto cadavérico.

O estudioso era um homem honesto. "Confesso", ele disse, "que notei seus movimentos, e que eles despertaram minha curiosidade e meu interesse no mais alto grau."

O homem puxou do peito uma faca de lâmina longa e vistosa. "Escapou por muito pouco", ele disse. "Se o tivesse visto há dez minutos, teria atravessado seu coração com isto. Como isso não aconteceu, se me tocar ou interferir de alguma maneira é um homem morto."

"Não tenho nenhum desejo de interferir", o estudioso respondeu. "Minha presença aqui é absolutamente acidental. Tudo o que peço é que tenha a extrema bondade de me ajudar a sair por alguma porta lateral." Ele falou de forma muito suave, visto que o homem ainda pressionava a ponta da adaga na palma da mão esquerda, como se para se assegurar de que era afiada, enquanto seu rosto preservava uma expressão maligna.

"Se eu achasse...", ele começou a dizer. "Mas não, talvez seja apropriado. Qual é o seu nome?" O inglês respondeu. "Vansittart Smith", o outro repetiu. "O mesmo Vansittart Smith que deu uma palestra em Londres a respeito de Nequebe? Vi um relatório a respeito. Seu conhecimento do assunto é desprezível."

"Senhor!", exclamou o egiptólogo.

"No entanto, é superior ao de muitos com pretensões ainda maiores. A pedra fundamental da nossa antiga vida no Egito não eram as inscrições ou os monumentos que vocês tanto consideram, mas nossa filosofia hermética e o conhecimento místico acerca dos quais vocês pouco ou nada dizem."

"Nossa antiga vida!", repetiu o estudioso, de olhos arregalados. Então, de repente: "Por Deus, veja o rosto daquela múmia!".

O estranho homem se virou e lançou sua luz sobre a mulher morta, proferindo um longo e triste lamento ao fazê-lo.

A ação do ar já havia desfeito toda a arte do embalsamador. A pele havia caído, os olhos tinham afundado, os lábios descoloridos tinham se retraído sobre os dentes amarelos, e apenas a marca marrom na testa provava que era de fato o mesmo rosto que poucos minutos antes expressara tanta juventude e beleza.

O homem agitou as mãos em luto e horror. Então, controlando-se com um enorme esforço, voltou seus olhos severos mais uma vez ao inglês.

"Não importa", ele disse, com a voz trêmula. "Na verdade, não importa. Vim aqui esta noite determinado a fazer algo. E agora está feito. Todo o resto é como nada. Concluí minha busca. A antiga maldição foi quebrada. Posso me juntar a ela de novo. O que importa sua carcaça inanimada desde que seu espírito esteja me aguardando do outro lado do véu?"

"São palavras desvairadas", disse Vansittart Smith. Ele se convencia cada vez mais de que lidava com um louco.

"O tempo urge, e devo ir", continuou o outro. "O momento que aguardei por todo esse tempo enfadonho se apresenta. Mas, antes, vou lhe mostrar a porta. Venha comigo."

Pegando a lamparina, deu as costas para a sala desordenada e conduziu depressa o estudioso pela longa série de salas egípcias, assírias e persas. No final da última, empurrou uma portinha embutida na parede e desceu uma escada sinuosa de pedra. O inglês sentiu o ar frio e fresco da noite no rosto. Em frente a ele havia uma porta, que parecia levar à rua. À direita dela havia outra, entreaberta, que lançava uma luz amarela sobre a passagem. "Venha aqui", disse o homem, abruptamente.

Vansittart Smith hesitou. Ele esperara ter chegado ao fim daquela aventura. No entanto, sua curiosidade era forte. Não podia deixar aquilo sem solução, então seguiu seu estranho companheiro até a câmara iluminada.

Era uma sala pequena, como a que se costuma reservar a um zelador. Lenha estalava na lareira. De um lado, havia uma cama baixa e, do outro, uma cadeira rústica de madeira, além de uma mesa redonda no centro, contendo os restos de uma refeição. Enquanto seus olhos fitavam de relance, o visitante não pôde deixar de notar com uma excitação recorrente que todos os pequenos detalhes do cômodo eram do mais pitoresco modelo de antiga fabricação. Os castiçais, os vasos sobre a cornija da lareira, os tiçoeiros, os ornamentos nas paredes eram todos como ele costumava associar ao passado remoto. O homem retorcido de olhos pesados se sentou na beirada da cama e fez um sinal para que seu convidado se sentasse à cadeira.

"Talvez haja desígnio nisso", ele disse, ainda falando um inglês excelente. "Talvez se espere que eu deixe algum relato para trás, como um aviso a todos os mortais imprudentes que seriam capazes de usar sua perspicácia contra as leis da natureza. Confio tudo a você. Faça o que quiser disso. Neste momento, falo com os pés no limiar do outro mundo."

"Sou, como supôs, egípcio. Não um membro da raça oprimida de escravos que agora habita o delta do Nilo, mas um sobrevivente do povo mais feroz e inflexível que domou os hebreus, dirigiu os etíopes de volta aos desertos ao sul e construiu as imponentes obras que permanecem objeto de inveja e de admiração de todos após gerações. Foi no reinado de Tutemés, mil e seiscentos anos antes do nascimento de Cristo, que vi a luz pela primeira vez. Você recua diante de mim. Aguarde e verá que sou mais digno de pena que de temor.

"Meu nome era Sosra. Meu pai era o sumo sacerdote de Osíris no grande templo de Aváris, que naquela época ficava no braço do Nilo em Bubástis. Fui criado no templo e treinado em todas aquelas artes místicas de que se fala na sua Bíblia. Era um pupilo hábil. Antes dos dezesseis já havia aprendido tudo o que o mais sábio sacerdote poderia me ensinar. A partir dali, estudei os segredos da natureza sozinho, sem compartilhar meu conhecimento com ninguém.

"De todas as questões que me atraíam, não houve nenhuma a respeito da qual tenha me debruçado por tanto tempo quanto àquelas relacionadas à natureza da vida. Investiguei profundamente o princípio vital. O objetivo da medicina era afastar qualquer doença quando surgisse. A mim parecia que poderia ser criado um método para fortalecer o corpo de maneira a prevenir que a fraqueza ou a morte se apoderasse dele. É inútil narrar minhas pesquisas. Você dificilmente as compreenderia se eu o fizesse. Eram em parte conduzidas em animais, em parte em escravos e em parte em mim mesmo. Basta dizer que o resultado foi a criação de uma substância que, quando injetada no sangue, dotaria o corpo de uma força capaz de resistir aos efeitos do tempo, da violência e da doença. Não conferiria a imortalidade de fato, mas seu poder perduraria por muitos milhares de anos. Usei-a num gato, depois droguei a criatura com os venenos mais mortíferos. Ele permanece vivo até hoje, no Baixo Egito. Não há nada de mistério ou de magia no assunto. Trata-se apenas de uma descoberta química, que pode muito bem voltar a ser feita.

"O amor pela vida é forte nos jovens. A mim pareceu que eu havia escapado de todas as preocupações humanas, uma vez que tinha abolido a dor e afastado a morte a tamanha distância. Com o coração leve, ministrei a substância maldita em minhas veias. Então procurei por alguém que eu pudesse beneficiar. Havia um jovem sacerdote de Tot, chamado Parmés, que havia caído em minhas graças por sua natureza sincera e sua devoção aos estudos. Sussurrei meu segredo a ele, e a seu pedido ministrei-lhe meu elixir. Então, eu imaginava, nunca mais ficaria sem uma companhia da mesma idade.

"Depois dessa grande descoberta, relaxei em meus estudos até certo grau, mas Parmés prosseguiu nos dele, com energia redobrada. Todos os dias, eu o via trabalhando com seus frascos e seu destilador no templo de Tot, mas ele pouco me dizia sobre o resultado de seus esforços. De minha parte, costumava caminhar pela cidade e olhar em volta com júbilo enquanto refletia acerca de como tudo aquilo estava destinado a perecer e apenas eu permaneceria. As pessoas se curvavam para mim ao passar, pois a fama do meu conhecimento havia se espalhado.

"Era uma época de guerra, e o grande rei havia mandado seus soldados às fronteiras leste de modo a afastar os hicsos. Também foi enviado um governador a Aváris, de modo a poder mantê-la para o rei. Eu tinha ouvido falar muito da beleza da filha desse governador, mas, um dia, enquanto caminhava com Parmés, nos deparamos com ela, carregada nos ombros de escravos. Foi como se um raio de amor tivesse me atingido. Meu coração saiu de mim. Eu poderia ter me jogado aos pés daqueles que a transportavam. Aquela era a minha mulher. A vida sem ela seria impossível. Jurei pela cabeça de Hórus que ela seria minha. Jurei ao sacerdote de Tot. Ele me deu as costas com uma expressão tão sombria quanto a meia-noite.

"Não é preciso contar da nossa corte. Ela passou a me amar assim como eu a amava. Descobri que Parmés a tinha visto antes que eu a visse e também demonstrara seu amor, mas pude sorrir diante de sua paixão, porque sabia que o coração dela era meu. A peste branca se abateu sobre a cidade e muitos foram atingidos, mas toquei os doentes e cuidei deles sem medo ou prejuízo. Ela ficou maravilhada com a minha ousadia. Assim, contei-lhe meu segredo e implorei para que me permitisse utilizar minha arte com ela.

"'Então sua flor jamais murchará, Atma', eu disse. 'Outros reis perecerão, mas eu e você, e nosso grande amor um pelo outro, sobreviveremos ao túmulo do rei Chefru.'

"Mas ela estava repleta de objeções tímidas e modestas. Era certo?, Atma perguntou, não seria contrariar 'a vontade dos deuses'? Se o grande Osíris desejasse que nossos anos fossem tão longos, não teria garantido isso ele mesmo?

"Com palavras cheias de carinho e amor, superei suas dúvidas, mas ainda assim ela hesitava. Era uma questão importante, Atma disse. Ela ia pensar a respeito naquela noite. Pela manhã, eu saberia de sua sentença. Certamente uma noite não era pedir muito. Ela desejava rezar para Ísis ajudá-la em sua decisão.

"Com o coração pesado e um triste pressentimento de algo maligno, deixei-a com suas criadas. Pela manhã, assim que o primeiro sacrifício havia sido feito, corri para sua casa. Uma escrava assustada me recebeu nos degraus. Sua senhora estava doente, ela disse, muito doente. Num frenesi, abri caminho por entre os criados e atravessei às pressas o salão e o corredor até a câmara de Atma. Ela estava deitada em seu leito, com a cabeça apoiada num travesseiro, o rosto pálido e o olhar vidrado. Na testa, havia uma única mancha roxa furiosa. Eu conhecia aquela marca infernal havia tempos. Era a cicatriz da peste branca, o selo da morte.

"Por que eu deveria falar daquela época terrível? Por meses, fiquei tresloucado, febril, delirante, no entanto, não podia morrer. Nunca um árabe desejou poços de água doce tanto como desejei a morte. Se o veneno ou o aço pudessem encurtar o fio da minha existência, logo teria me reunido à minha amada na terra de portal estreito. Tentei, mas foi inútil. A influência maldita era forte demais sobre mim. Uma noite, enquanto estava deitado no leito, fraco e cansado, Parmés, o sacerdote de Tot, veio à minha câmara. Ele ficou de pé no círculo de luz da lamparina e me fitou com os olhos brilhantes de uma alegria desvairada.

"'Por que deixou que a donzela morresse?', perguntou. 'Por que não a fortaleceu como me fortaleceu?'

"'Cheguei tarde demais', respondi. 'Mas havia esquecido. Você também a amava. É meu companheiro no infortúnio. Não é terrível pensar nos séculos que devem se passar antes de olharmos para ela novamente? Como fomos tolos, tolos, ao assumir que a morte era a nossa inimiga!'

"'Pode muito bem dizer isso', ele afirmou com uma risada extravagante. 'As palavras saem bem de seus lábios. Para mim, elas não têm significado.'

"'O que quer dizer?', perguntei, apoiando-me num cotovelo. 'Com certeza, meu amigo, o sofrimento danificou seu cérebro.' Seu rosto se inflamou de alegria, e ele estremeceu e sacudiu como se possuído pelo demônio.

"'Sabe aonde vou?', ele perguntou.

"'Não', respondi. 'Não sei dizer.'

"'Vou até ela', ele explicou. 'Ela está embalsamada na tumba mais distante, perto da palmeira de duas cabeças, além dos muros da cidade.'

"'E para quê?', perguntei.

"'Para morrer!', ele gritou. 'Para morrer! Não estou preso aos grilhões terrenos.'

"'Mas o elixir está em seu sangue', contestei.

"'Posso desafiá-lo', ele disse. 'Descobri um componente mais forte que o destrói. Está se espalhando por minhas veias neste momento, e em uma hora serei um homem morto. Hei de me juntar a ela, enquanto você ficará para trás.'

"Ao observá-lo, eu soube que suas palavras eram verdadeiras. A luz em seus olhos me dizia que ele de fato estava além do poder do elixir.

"'Deve me ensinar!', exclamei.

"'Nunca!', ele respondeu.

"'Imploro a você, pela sabedoria de Tot, pela majestade de Anúbis.'

"'É inútil', ele disse, com frieza.

"'Então descobrirei sozinho', eu disse.

"'Impossível', ele respondeu. 'Eu o encontrei por acaso. Há um ingrediente que nunca conseguirá. Mistura igual a que está no anel de Tot jamais poderá ser feita.'

"'No anel de Tot!', repeti. 'Então onde está o anel de Tot?'

"'Isso nunca saberá', ele respondeu. 'Você conseguiu o

amor dela. Mas quem venceu no fim? Deixo-o em sua sórdida vida terrena. Minhas correntes foram rompidas. Devo ir!' Ele deu meia-volta e fugiu da câmara. Pela manhã, recebi a notícia de que o sacerdote de Tot estava morto.

"Depois disso, passei meus dias em minha sala de estudos. Precisava encontrar aquele veneno raro, forte o bastante para anular o efeito do elixir. Do alvorecer à meia-noite, debruçava-me sobre o tubo de ensaio e a fornalha. Sobretudo reuni os papiros e os frascos de químicos do sacerdote de Tot. Infelizmente, pouco me ensinaram. Aqui e ali, um indício ou uma expressão isolada despertava as esperanças no meu peito, mas nada de bom surgia delas. Ainda assim, mês após mês, insisti. Quando meu coração ficava fraco, ia até a tumba perto das palmeiras. Ali, de pé ao lado do esquife cuja joia havia sido pilhada, sentia sua doce presença e sussurrava para ela que haveríamos de nos reunir se o engenho mortal fosse capaz de solucionar aquele enigma.

"Parmés havia dito que sua descoberta estava relacionada ao anel de Tot. Eu tinha uma vaga lembrança daquele berloque. Era um anel grande e pesado, não feito de ouro, mas de um metal mais raro e pesado trazido das minas do monte Harbal. Platina, vocês o chamam. O anel, eu recordava, tinha um cristal oco, no qual algumas gotas de um líquido poderiam ser guardadas. O segredo de Parmés não poderia estar associado apenas ao metal, porque havia muitos anéis do mesmo material no templo. Não seria mais provável que ele tivesse guardado seu precioso veneno na cavidade do cristal? Mal havia chegado a essa conclusão quando, revirando seus documentos, deparei-me com um que comprovava aquilo, e que indicava que parte do líquido não havia sido usada.

"Mas como encontrar o anel? Não estava com Parmés quando lhe tiraram as roupas antes de ser embalsamado. Certifiquei-me disso. Tampouco estava entre seus bens privados. Em vão, procurei em todos os cômodos em que ele havia entrado, em todas as caixas, vasos e objetos que possuía. Peneirei a areia do deserto nos pontos pelos quais ele costumava passar; mas, independentemente do que fizesse, não havia nenhum vestígio do anel de Tot. Talvez meu trabalho até tivesse superado todos os obstáculos se não fosse por um novo infortúnio inesperado.

"Uma grande guerra havia sido travada contra os hicsos, e os capitães do grande rei tinham morrido no deserto, com todos os seus arqueiros e cavaleiros. As tribos de pastores nos atacavam como gafanhotos em um ano árido. Do deserto de Sur ao grande e acre lago havia sangue durante o dia e fogo durante a noite. Aváris era o baluarte do Egito, mas não conseguíamos conter os selvagens. A cidade caiu. O governador e os soldados foram mortos, e eu, com muitos outros, fui levado a cativeiro.

"Por anos e anos, guardei rebanhos nas grandes planícies do Eufrates. Meu senhor morreu, e o filho dele envelheceu, mas eu permanecia tão distante da morte quanto antes. Finalmente, consegui escapar sobre um camelo veloz e voltei ao Egito. Os hicsos tinham se estabelecido na terra conquistada, e agora seu próprio rei a governava. Aváris havia sido desmantelada, a cidade fora queimada e nada restava do grande templo além de um montículo disforme. Por toda parte, tumbas tinham sido pilhadas e monumentos, destruídos. Do túmulo de minha Atma nada restava.

Fora enterrado pelas areias do deserto, e a palmeira que marcava sua localização havia muito desaparecera. Os documentos de Parmés e os vestígios do templo de Tot tinham sido ou destruídos ou espalhados por toda a extensão dos desertos da Síria. Qualquer busca seria em vão.

"Naquele momento, perdi toda a esperança de encontrar o anel ou de descobrir aquela droga rara. Determinei-me a viver de modo tão paciente quanto fosse possível até que o efeito do elixir passasse. Como é que se pode entender quão terrível é o tempo, quando só se tem a experiência do estreito trajeto entre o berço e o túmulo? Senti isso na própria pele, eu, que flutuei ao longo de todo o curso da história. Já era velho quando Ílio caiu. Era muito velho quando Heródoto chegou a Mênfis. Os anos já haviam me curvado quando o Novo Evangelho chegou à terra. No entanto, você me vê como muitos outros homens, com o elixir maldito ainda adoçando meu sangue, impedindo-me de cortejar aquela que gostaria. Agora, enfim, enfim, cheguei ao fim disso!

"Viajei por todas as terras e vivi em todas as nações. Todas as línguas são iguais para mim. Aprendi todas para ajudar a passar o cansativo tempo. Não preciso dizer quão lentamente se arrastam a longa alvorada da civilização moderna, os lúgubres anos de intermédio, os tempos sombrios da barbárie. Tudo isso ficou para trás. Nunca mirei outra mulher com os olhos do amor. Atma sabe que fui fiel a ela.

"Era meu costume ler tudo o que os estudiosos tinham a dizer sobre o Egito Antigo. Já ocupei muitas posições, às vezes opulento, às vezes pobre, mas sempre dispus do bastante para me permitir comprar publicações que lidam com tais temas. Cerca de nove meses atrás, estava em São Francisco e li um relato de algumas descobertas feitas nas cercanias de Aváris. Meu coração saltou de minha boca enquanto eu lia. Dizia que o escavador tinha se ocupado de explorar algumas tumbas desenterradas pouco antes. Em uma, haviam encontrado uma múmia intacta com uma inscrição no sarcófago indicando que continha o corpo da filha do governador da cidade na época de Tutemés. O texto acrescentava que, aberto o sarcófago, tinham encontrado um anel de platina grande com um cristal, que fora colocado sobre o peito da mulher embalsamada. Então havia sido ali que Parmés escondera o anel de Tot. Estava correto em afirmar que estava seguro, dado que nenhum egípcio macularia sua alma abrindo o sarcófago de um amigo enterrado.

"Naquela mesma noite, deixei São Francisco, e em algumas semanas estava de volta a Aváris, se é que alguns montes de areia e construções desmoronando podem ser chamados com o mesmo nome da grandiosa cidade. Fui até os franceses que trabalhavam nas escavações e pedi o anel. Disseram-me que tanto ele quanto a múmia tinham sido enviados para o Museu Bulaque, no Cairo. Fui para lá, só para ouvir que Mariette-Bey os havia reivindicado e os despachado ao Louvre. Segui-os, e aqui, finalmente, na sala egípcia, depois de quase quatro mil anos, encontrei os restos de minha Atma e o anel que por tanto tempo busquei.

"Mas como colocaria as mãos neles? Como poderia tê-los só para mim? Por sorte, havia uma posição de funcionário aberta. Fui ao diretor. Convenci-o de que sabia muito a respeito do Egito. Em minha avidez, disse demais. Ele apontou que o cargo de professor seria mais apropriado que o de zelador. Eu sabia mais que ele próprio, o diretor me disse. Foi apenas quando cometi um equívoco e ele imaginou ter superestimado meu conhecimento que o persuadi a deixar que me mudasse com os poucos bens que possuía para este quarto. Esta é minha primeira e última noite aqui.

"Essa é minha história, sr. Vansittart Smith. Não há necessidade de dizer mais nada para um homem de seu discernimento. Por um estranho acaso, nesta noite você viu o rosto da mulher a quem amei naqueles dias longínquos. Havia muitos anéis com cristais na vitrine, e tive que testar a platina para me certificar de qual era aquele que eu buscava. Uma olhada no cristal me mostrou que o líquido permanece ali e que finalmente poderei me livrar dessa maldita saúde que me causou mais mal que a doença mais desventurosa. Não tenho nada além disso a lhe dizer. Livrei-me de meu fardo. Pode contar minha história ou preservá-la a seu bel-prazer. A escolha é sua. Devia-lhe certa reparação, pois por pouco escapou com vida esta noite. Eu era um homem desesperado, que não aceitaria ver meu propósito frustrado. Se o tivesse visto antes que estivesse tudo feito, poderia ter deixado além do seu poder se opor a mim ou soar o alarme. Esta é a porta de saída. Ela dá para a Rue de Rivoli. Boa noite."

O inglês olhou para trás. Por um momento, a figura esguia de Sosra, o egípcio, foi emoldurada pelo batente estreito. Então a porta foi batida e o raspar pesado de um ferrolho varou a noite.

Foi no segundo dia após seu retorno a Londres que o sr. John Vansittart Smith leu esta narrativa concisa do correspondente em Paris do *Times*:

INCIDENTE CURIOSO NO LOUVRE

Incidente curioso no Louvre — *Ontem pela manhã, uma peculiar descoberta foi feita na principal sala oriental. Os* ouvriers *contratados para limpar as salas pela manhã encontraram no chão um funcionário morto, abraçado a uma das múmias. E era um abraço tão apertado que os dois só foram separados com extrema dificuldade. Uma das vitrines contendo anéis valiosos tinha sido aberta e pilhada. As autoridades são da opinião de que o homem carregava a múmia com o intuito de vendê-la a um colecionador particular, mas foi acometido no ato por uma antiga doença do coração. Foi dito que se tratava de um homem de certa idade e de hábitos excêntricos, sem nenhum parente vivo que pudesse lamentar seu fim dramático e prematuro.*

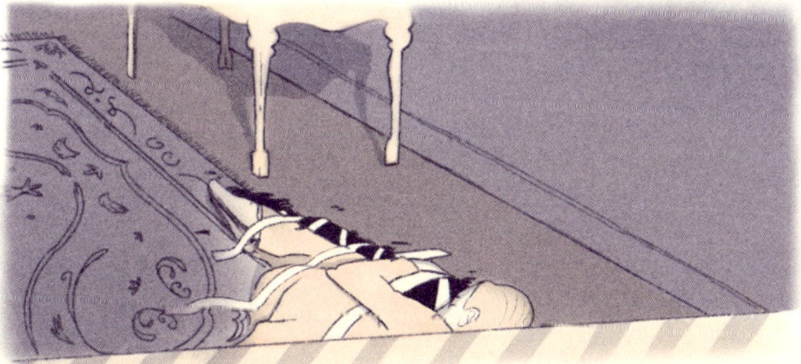

O conde de Château Noir

Eram os dias em que os exércitos alemães abriam caminho pela França, quando as forças destroçadas da jovem república haviam sido varridas para o norte de Aisne e para o sul do Loire. Três amplas frentes de homens armados tinham avançado lenta mas irresistivelmente a partir do Reno, ora serpenteando para o norte, ora para o sul, dividindo, coalescendo, porém unindo-se para formar um grande lago em torno de Paris. E desse lago brotavam cursos menores, um para o norte, um para o sul, na direção de Orleans, e um terceiro para o oeste, em direção à Normandia. Muitos soldados alemães viram o mar pela primeira vez quando cavalgaram mergulhados até a cilha nas ondas em Dieppe.

Os pensamentos dos franceses eram sombrios e amargos quando viram o vergão da desonra marcando o belo rosto de seu país. Eles tinham lutado e sido dominados.

A cavalaria fervilhante, os incontáveis soldados de infantaria, as armas magistrais — eles haviam tentado e tentado avançar contra os inimigos. Em batalhões, os invasores não podiam ser derrotados; mas, homem a homem, ou dez contra dez, eram seus iguais. Um francês corajoso ainda seria capaz de fazer um alemão sozinho se arrepender do dia em que havia deixado sua própria margem do Reno. Assim, sem relatos, em meio às batalhas e aos cercos, irrompeu outra guerra, uma guerra de indivíduos, com assassinatos desonrados de um lado e retaliações brutais de outro.

O coronel Von Gramm, da 24ª Infantaria de Posen, tinha sofrido severamente ao longo daqueles desdobramentos. Ele exercia sua autoridade na pequena cidade normanda de Les Andelys, e seus postos avançados se estendiam por povoados e fazendas nas redondezas do distrito. Não havia nenhuma força francesa num raio de oitenta quilômetros, mas ainda assim, manhã após manhã, ele precisava ouvir relatórios sombrios acerca de sentinelas encontrados mortos em seus postos ou de grupos de pilhagem que nunca retornavam. Então o coronel irrompia em ira, e as fazendas queimavam, e os vilarejos tremiam; contudo, na manhã seguinte, o mesmo conto lúgubre era contado. Independentemente do que fizesse, ele não conseguia se livrar de seus inimigos invisíveis. No entanto, não deveria ser tão difícil, pois a partir de certos pontos em comum, no planejamento e no ato, ficava claro que todas aquelas afrontas surgiam de uma única fonte.

O coronel Von Gramm recorrera à violência e ela lhe falhara. O ouro talvez obtivesse maior sucesso. Ele publicou por toda a região que quinhentos francos seriam pagos em troca de informações. Não houve resposta. Então oitocentos. Os camponeses eram incorruptíveis. Até que, motivado por um cabo assassinado, ele subiu o prêmio para mil francos, e assim comprou a alma de François Rejane, um agricultor cuja avareza normanda era mais forte que seu ódio francês.

"Então, sabe quem cometeu esses crimes?", perguntou o coronel prussiano, olhando com desprezo para a criatura com cara de rato e blusão azul à sua frente.

"Sim, coronel."

"E quem foi?"

"Os mil francos, coronel..."

"Nem um centavo até que sua história tenha sido comprovada. Vamos! Quem foi que matou meus homens?"

"Foi o conde Eustace de Château Noir."

"Mentira!", exclamou o coronel, raivoso. "Um cavalheiro e um nobre não seria capaz de cometer tais crimes."

O camponês deu de ombros. "Parece-me evidente que não saiba quem é o conde. É assim, coronel. O que lhe digo é a verdade, e não tenho medo de que procure comprová-la. O conde de Château Noir é um homem difícil; mesmo em seu melhor já era um homem difícil. No entanto, nos últimos tempos, tem se portado de maneira terrível. Começou com a morte de seu filho, sabe? Ele servia em Douai, mas foi pego quando fugia da Alemanha, então encontrou sua morte. Era o único filho do conde, e todos acreditamos que isso o fez perder o juízo. Ele vai atrás dos exércitos alemães com seus agricultores. Não sei quantos matou, mas é ele que talha uma cruz na testa das vítimas, porque é o emblema de sua casa.

Era verdade. Cada sentinela assassinado tinha um sautor talhado na testa, como se por uma faca de caça. O coronel inclinou suas costas rígidas e correu o indicador pelo mapa aberto sobre a mesa.

"Château Noir não fica a mais de quatro léguas", disse.

"Três léguas e um quilômetro, coronel."

"Conhece o lugar?"

"Eu trabalhava lá."

O coronel Von Gramm soou a campainha.

"Dê comida a este homem e o detenha", ordenou ao sargento.

"Por que vai me deter, coronel? Não tenho mais nada a lhe dizer."

"Precisaremos de um guia."

"Um guia? Mas o conde… Se eu cair em suas mãos… Ah, coronel…"

O comandante prussiano os dispensou com um gesto.

"Mande o capitão Baumgarten vir me ver imediatamente", disse.

O oficial que atendeu ao chamado era um homem de meia-idade, de queixo acentuado e olhos azuis, com um bigode loiro e curvo e um rosto da cor de tijolo, que passava a branco como marfim onde o capacete o protegia. Era careca, com o couro cabeludo terso e brilhante como um espelho, tanto que a brincadeira preferida de seus subalternos era aparar o bigode usando sua parte de trás. Como soldado, era lento, mas honesto e valente. O coronel podia confiar nele onde um oficial mais enérgico talvez se visse em perigo.

"Você partirá para Château Noir esta noite, capitão", determinou. "Um guia foi providenciado. Você prenderá o conde e o trará até aqui. Se houver tentativa de resgate, atire nele sem hesitar."

"Quantos homens devo levar, coronel?"

"Bem, estamos cercados por espiões e nossa única chance é atacar antes que ele saiba que estamos a caminho. Um grupo grande vai atrair a atenção. Por outro lado, você não deve arriscar a sua vida."

"Poderia marchar para o norte, coronel, como se fosse me juntar ao general Goeben. Então consigo descer por esta estrada que vejo em seu mapa e chegar a Château Noir antes de ouvirem falar de nós. Nesse caso, com vinte homens..."

"Muito bem, capitão. Espero vê-lo com seu prisioneiro amanhã de manhã."

Era uma noite fria de dezembro quando o capitão Baumgarten saiu marchando de Les Andelys com vinte homens de

Posen e pegou a estrada principal para noroeste. Três quilômetros depois, virou bruscamente num caminho estreito com sulcos profundos, avançando depressa em direção ao seu homem. Uma chuva fina e gelada caía, produzindo um silvo ao passar por entre os choupos altos e um farfalhar ao cair nos campos de ambos os lados. O capitão seguia à frente, com Moser, um sargento veterano, ao seu lado. O pulso do sargento estava amarrado ao do agricultor francês, e fora sussurrado em seu ouvido que em caso de emboscada a primeira bala teria como destino sua cabeça. Atrás deles, os vinte oficiais de infantaria se arrastavam pela escuridão, com os rostos molhados de chuva e as botas chiando no barro encharcado e liso. Sabiam aonde estavam indo e por quê, e a ideia os motivava, posto que a perda de seus camaradas os amargurava. Era um trabalho para a cavalaria, eles sabiam, mas a cavalaria estava toda na vanguarda; além disso, era mais apropriado que o regimento vingasse os seus próprios mortos.

Eram quase oito quando eles deixaram Les Andelys. Às onze e meia, o guia parou onde dois pilares altos, coroados por um símbolo heráldico em pedra, flanqueavam um enorme portão de ferro. O muro em que havia estado a abertura tinha sido derrubado, mas o grande portão ainda assomava sobre os arbustos espinhosos e as ervas daninhas que cobriam sua base. Os prussianos o contornaram e avançaram furtivamente, ao longo de uma comprida avenida à sombra

de um túnel de ramos de carvalho, ainda tomada pelas folhas do outono anterior. Ao fim dela, eles se detiveram e fizeram o reconhecimento do local.

Uma casa senhorial escura estava diante deles. A lua brilhava entre as nuvens de chuva, deixando a residência antiga sob uma luz prateada e sombras. Tinha sido construída em L, com uma porta baixa em arco na frente e fileiras de janelas pequenas que pareciam as portinholas abertas de um navio de guerra. Era encimada por um telhado preto cujos cantos terminavam em pequenas guaritas redondas, e tudo repousava em silêncio ao luar, enquanto nuvens desgarradas ofuscavam o céu por detrás. Uma única luz brilhava numa das janelas mais baixas.

O capitão sussurrou as ordens a seus homens. Alguns deviam se esgueirar até a porta da frente, outros até a dos fundos. Alguns vigiariam o leste, outros, o oeste. Ele e o sargento seguiram na ponta dos pés até a janela iluminada.

Era uma sala pequena para a qual olhavam, muito parcamente mobiliada. Um homem idoso, vestido como um criado, lia um jornal esfarrapado à luz de uma vela derretendo. Ele se recostou na cadeira de madeira, com os pés apoiados numa caixa, enquanto uma garrafa de vinho branco permanecia com um copo pela metade sobre um banquinho ao seu lado. O sargento apontou seu fuzil para dentro, e o homem levantou-se com um grito.

"Silêncio, pela sua vida! A casa está cercada e você não

tem como escapar. Dê a volta e abra a porta, ou não teremos piedade quando entrarmos."

"Por Deus, não atire! Vou abrir! Vou abrir!" Saiu correndo do cômodo, com o jornal amarrotado na mão. Um instante depois, com o gemer das fechaduras antigas e o raspar das trancas, a porta baixa se abriu, e os prussianos adentraram o vestíbulo de pedra.

"Onde está o conde Eustace de Château Noir?"

"Meu mestre? Ele saiu, senhor."

"Fora a esta hora da noite? Vai perder a vida por essa mentira!"

"É verdade, senhor. Ele saiu!"

"E para onde foi?"

"Não sei."

"E foi fazer o quê?"

"Não sei. Não, não adianta armar sua pistola, senhor. Pode me matar, mas não pode me fazer dizer aquilo que não sei."

"Ele costuma ficar fora até esta hora?"

"Com frequência."

"E quando volta?"

"Antes do alvorecer."

O capitão Baumgarten praguejou em alemão. Tinha feito toda aquela jornada a troco de nada, então. As respostas do homem muito provavelmente eram verdadeiras. Deveria ter imaginado tal possibilidade. Mas ao menos vasculharia a casa para se certificar. Deixando um piquete na porta da frente e outro nos fundos, o sargento e o capitão empurraram o mordomo abalado à sua frente — a vela trêmula lançando sombras estranhas e bruxuleantes sobre as tapeçarias antigas e o teto baixo com vigas de carvalho. Reviraram a casa toda, da enorme cozinha de pedra até a sala de jantar no segundo andar, com sua galeria para músicos e seus painéis de madeira escuros de tão velhos, mas não encontraram outra criatura viva em lugar nenhum. Acima, no sótão, viram Marie, a esposa do mordomo, também idosa; mas o proprietário não tinha outros criados, e de sua presença ali não havia nenhum rastro.

Levou algum tempo, no entanto, para que o capitão Baumgarten se desse por satisfeito. Tratava-se de uma casa difícil de vasculhar. Uma escada estreita, pela qual só passava um homem por vez, agregava uma série de corredores tortuosos. As paredes eram tão grossas que cada cômodo ficava isolado do vizinho. Havia lareiras enormes em cada um deles, enquanto as janelas tinham seis pés de profundidade das paredes. O capitão Baumgarten golpeou com os pés, rasgou cortinas, deu pancadas com a empunhadura da espada. Se havia esconderijos secretos ali, ele não teve a sorte de encontrá-los.

"Tenho uma ideia", disse finalmente em alemão ao sargento. "Destaque um guarda para acompanhar este sujeito e se certificar de que ele não se comunique com ninguém."

"Sim, capitão."

"E deixe quatro homens de tocaia na frente e nos fundos. É muito provável que perto do alvorecer nosso pássaro retorne ao ninho."

"E os outros, capitão?"

"Deixe que façam a ceia na cozinha. Este sujeito vai lhes servir carne e vinho. É uma noite difícil, e estaremos melhor aqui que na estrada."

"E o senhor, capitão?"

"Farei a ceia aqui, na sala de jantar. Há lenha na lareira, e podemos acendê-la. Venha me chamar caso soe o alarme. Você, o que pode me trazer para a ceia?"

"Ah, senhor, houve uma época em que eu poderia ter respondido: 'O que desejar!'. Mas agora tudo o que somos capazes de fazer é encontrar uma garrafa nova de clarete e um frango frio."

"Isso servirá. Deixe que um guarda o acompanhe, sargento, e que ele sinta a ponta da baioneta se tentar nos enganar."

O capitão Baumgarten era um veterano. Nas províncias orientais, e antes na Boêmia, aprendera a arte de se aquartelar no inimigo. Enquanto o mordomo trazia a ceia, ocupou-se dos preparativos para uma noite confortável. Acendeu as dez velas do candelabro no centro da mesa. O fogo já queimava, crepitando alegremente e espalhando rompantes de uma fumaça azulada e pungente pela sala. O capitão foi olhar pela janela. A lua tinha voltado a se esconder, e

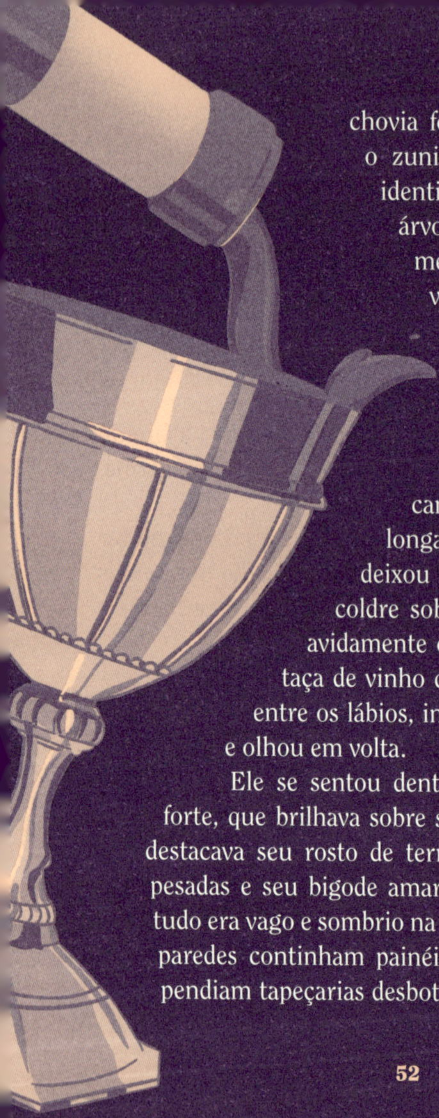

chovia forte. Ele conseguia ouvir o zunido profundo do vento e identificar o vulto sombrio das árvores, todas balançando na mesma direção. Era uma visão que dava mais graça ao confortável aposento e ao frango frio e à garrafa de vinho que o mordomo havia lhe trazido. O capitão estava cansado e faminto depois da longa marcha, de modo que deixou a espada, o capacete e o coldre sobre uma cadeira e atacou avidamente o jantar. Então, com uma taça de vinho diante de si e um charuto entre os lábios, inclinou a cadeira para trás e olhou em volta.

Ele se sentou dentro de um círculo de luz forte, que brilhava sobre suas dragonas prateadas e destacava seu rosto de terracota, suas sobrancelhas pesadas e seu bigode amarelo. Mas, fora do círculo, tudo era vago e sombrio na antiga sala de jantar. Duas paredes continham painéis de carvalho e em duas pendiam tapeçarias desbotadas, nas quais caçadores, cães e cervos ainda corriam de modo indistinto. Acima da lareira, havia fileiras de escudos heráldicos com o brasão da família e de seus aliados, com o sautor fatal se destacando em cada um deles.

Quatro retratos de antigos senhores de Château Noir encaravam a lareira, todos homens com nariz de falcão e traços fortes e elevados, tão parecidos uns com os outros que só as vestimentas seriam capazes de distinguir o cruzado do cavaleiro das Frondas. O capitão Baumgarten, sentindo o peso da refeição, recostou-se na cadeira e ficou olhando para eles através das nuvens de fumaça do tabaco, ponderando sobre o estranho acaso que havia feito com que um homem da costa báltica como ele ceasse no cômodo ancestral daqueles orgulhosos comandantes normandos. Mas o fogo estava quente e os olhos do capitão estavam pesados. Seu queixo afundou devagar sobre o peito, e as dez velas lançaram seu brilho sobre a ampla careca branca.

De repente, um leve ruído o colocou de pé. Por um instante, pareceu a seus sentidos atordoados que um dos retratos à sua frente tinha saído da moldura. Ali, ao lado da mesa, quase ao alcance de seu braço, havia um homem enorme, em silêncio, imóvel, que se não fosse por seus olhos ferozes e brilhantes não daria nenhum sinal de vida. Tinha cabelo preto, pele morena, um tufo pontiagudo de barba preta e um nariz grande e bravio, para o qual todos os seus traços pareciam correr. Suas bochechas eram enrugadas como

maçãs do ano anterior, mas os ombros largos e as mãos ossudas e tensas indicavam uma força que não fora consumida pela idade. Seus braços estavam cruzados sobre o peito arqueado, e a boca estava fixa num sorriso.

"Não se dê ao trabalho de procurar suas armas", ele disse, enquanto o prussiano dava uma rápida olhada para a cadeira vazia em que as havia deixado. "Se me permite dizer, o senhor foi indiscreto a ponto de se sentir em casa numa construção cujas paredes estão minadas de passagens secretas. Ficará surpreso ao ouvir que quarenta homens o observaram cear. Ah! E agora?"

O capitão Baumgarten tinha dado um passo à frente com os punhos cerrados. O francês pegou um revólver com a mão direita enquanto empurrava com a esquerda o alemão de volta à cadeira.

"Por favor, mantenha-se sentado", ele disse. "Não há motivo para se preocupar com seus homens. Já cuidamos deles. É impressionante como se ouve pouco do que se passa lá embaixo com este piso de pedra. O senhor foi dispensado do comando, e agora só deve pensar em si mesmo. Posso saber qual é o seu nome?"

"Sou o capitão Baumgarten, do 24º Regimento de Posen."

"Seu francês é excelente, embora, como a maior parte de seus compatriotas, tenda a trocar o 'p' pelo 'b'. É divertido ouvi-los dizer '*Avez bitié sur moi!*'. Sem dúvida sabe quem é este que se dirige ao senhor."

"O conde de Château Noir."

"Precisamente. Teria sido uma infelicidade se houvesse visitado minha propriedade e não me fosse possível encontrá-lo. Tive contato com inúmeros soldados alemães, mas nunca com um oficial. Temos muito o que conversar."

O capitão Baumgarten permaneceu imóvel na cadeira. Por mais corajoso que fosse, havia algo nos modos do outro homem que fazia sua pele se arrepiar em apreensão. Seus olhos iam da direita para a esquerda, mas suas armas tinham desaparecido, e ele constatou que em uma luta seria como uma criança para seu adversário gigantesco.

O conde tinha pegado a garrafa de clarete e a segurado contra a luz. "Tsc, tsc, tsc", disse. "Isso foi o máximo que Pierre pôde fazer pelo senhor? Tenho vergonha de encará-lo, capitão Baumgarten. Devemos melhorar isso."

Assoprou um apito pendurado em seu casaco de caça. O velho criado chegou ao cômodo em um instante.

"Chambertin da caixa quinze!", exclamou, e um minuto depois uma garrafa cinza cheia de teias de aranha foi trazida como se fosse uma criança de colo. O conde encheu duas taças até a borda.

"Beba!", disse. "É o melhor da minha adega, e não encontrará igual entre Rouen e Paris. Beba, senhor, e seja feliz! Temos carnes frias lá embaixo. Temos duas lagostas frescas de Honfleur. Não se aventuraria numa segunda ceia, mais saborosa?"

O oficial alemão negou com a cabeça. No entanto, esvaziou a taça de vinho, e seu anfitrião voltou a enchê-la, insistindo para que pedisse essa ou aquela iguaria.

"Não há nada em minha casa que não esteja à sua disposição. Basta dizer uma palavra. Bem, então me permita contar uma história enquanto bebe seu vinho. Faz muito tempo que desejo contá-la a um oficial alemão. É sobre o meu filho, meu único filho, Eustace, que foi capturado e morreu na fuga. É uma historinha curiosa, e acredito que posso jurar que você nunca haverá de esquecê-la.

"Você deve saber, então, que meu filho estava na artilharia, e era um bom jovem, capitão Baumgarten, o orgulho de sua mãe. Ela morreu uma semana depois de recebermos a notícia da morte dele. Quem a trouxe foi um companheiro de armas, que estava ao seu lado, mas conseguiu escapar, enquanto meu filho pereceu. Quero lhe contar tudo o que ele me disse.

"Eustace foi pego em 4 de agosto, em Weissenburg. Os prisioneiros foram divididos em grupos e enviados à Alemanha por diferentes rotas. Eustace foi levado no dia 5 a um vilarejo chamado Lauterburg, onde deparou com a bondade do oficial alemão no comando. Esse bom coronel montou uma ceia para o rapaz faminto, oferecendo o melhor que tinha, abriu uma garrafa de um vinho de qualidade, como tentei fazer pelo senhor, e lhe passou um de seus próprios charutos. Posso lhe implorar a aceitar um dos meus?"

O alemão voltou a negar com a cabeça. O medo que tinha do companheiro havia aumentado enquanto permanecia ali sentado, observando seus lábios sorridentes e seus olhos penetrantes.

"Esse coronel, como eu estava dizendo, foi bondoso com o meu filho. Mas, infelizmente, no dia seguinte os prisioneiros foram levados através do Reno para Ettlingen. Lá, não contaram com a mesma sorte. O oficial responsável por sua guarda ali era um malfeitor e um vilão, capitão Baumgarten. Sentia prazer em humilhar e maltratar os homens corajosos que estavam sob seu poder. Naquela noite, quando meu filho respondeu ferozmente a seu escarnecimento, ele lhe deu um soco no olho, assim!"

O estampido do soco se alastrou pelo corredor. A cabeça do alemão pendeu para a frente. Ele levou a mão ao rosto e o sangue começou a escorrer por entre os dedos. O conde voltou a se acomodar em sua cadeira.

"Meu filho ficou desfigurado pelo soco, e o vilão tornou a aparência dele objeto de zombaria. A propósito, você parece um pouco cômico no momento, capitão. Seu coronel certamente diria que andou se metendo em encrenca. Mas continuando... A juventude e a destituição de meu filho, pois seus bolsos estavam vazios, comoveram um major de bom coração, e ele lhe adiantou dez napoleões de seu próprio bolso, sem nenhum tipo de garantia. Às suas mãos, capitão Baumgarten, retorno estas dez moedas de ouro, já que eu nunca soube o nome do credor. Sou grato de todo o coração pela bondade demonstrada ao meu menino.

"O vil tirano que comandava a escolta acompanhou os prisioneiros até Durlach, e de lá até Carlsruhe. Ele amontoou todo tipo de ultraje sobre o meu rapaz, porque o espírito dos homens de Château Noir não se dobraria numa submissão fingida apenas para contornar sua ira. Ah, esse vilão covarde, de cujo coração ainda terei sangue nestas mãos, ousou atingir meu filho com a mão aberta, chutá-lo, arrancar pelos de seu bigode. Usá-lo assim... e assim... e assim!"

O alemão se contraiu e lutou. Estava indefeso nas mãos daquele gigante que o enchia de golpes. Quando, afinal, sem enxergar e apenas semiconsciente, ele conseguiu ficar de pé, foi só para ser atirado de volta à grande cadeira de carvalho. Soluçou em sua raiva e vergonha impotentes.

"Meu filho foi levado com frequência às lágrimas pela humilhação de sua posição", prosseguiu o conde. "O senhor há de me compreender quando falo do amargor de permanecer indefeso nas mãos de um inimigo insolente e sem remorsos. Ao chegar a Carlsruhe, no entanto, o rosto do meu filho, que ficara ferido pela brutalidade do guarda, foi coberto de ataduras por um jovem subalterno bávaro que foi tocado por sua aparência. Lamento ver que seu olho sangra tanto. Permitiria que eu o cobrisse com meu lenço de seda?"

Ele se inclinou para a frente, mas o alemão afastou sua mão para o lado.

"Estou em seu poder, seu monstro!", gritou. "Posso aturar sua brutalidade, mas não sua hipocrisia."

O conde deu de ombros. "Estou seguindo a ordem em que as coisas aconteceram", disse. "Fiz um voto de contá-las ao primeiro oficial alemão com quem tivesse um *tête-à-tête*. Deixe-me ver, eu estava no jovem bávaro em Carlsruhe. Lamento deveras que não me permita utilizar a pouca habilidade cirúrgica que possuo. Em Carlsruhe, meu filho foi trancado numa antiga caserna, onde permaneceu por uma quinzena. A pior angústia de seu cativeiro foi o fato de alguns patifes sem modos das tropas escarnecerem de sua situação quando se sentava à janela durante a noite. O que me lembra, capitão, de que o senhor não está exatamente numa cama de rosas, está? Veio surpreender um lobo, meu homem, e agora a fera o mantém preso com os caninos em sua garganta. E imagino que seja um homem de família, a julgar pelo modo como preenche sua túnica. Bem, uma viúva a mais pouca diferença há de fazer, e elas não costumam permanecer viúvas por muito tempo. Volte à cadeira, cão!

"Bem, continuando minha história... Ao final de uma quinzena, meu filho e seu amigo escaparam. Não tenho por que perturbá-lo com os riscos que correram, ou com as privações que suportaram. Basta dizer que, para se disfarçar, tiveram que pegar as roupas de dois camponeses, que emboscaram na floresta. Escondendo-se durante o dia e viajando durante a noite, conseguiram avançar até Rémilly, na França, e estavam a um quilômetro e meio — apenas a um quilômetro e meio, capitão — de cruzar as linhas alemãs no momento em que depararam com uma patrulha de ulanos. Ah! Deve ter sido difícil, não acha, quando já tinham avançado tanto e se encontravam tão perto da segurança?"

O conde soprou duas vezes o apito, e três camponeses de rosto endurecido entraram.

"Eles representarão os ulanos", o homem disse. "Bem, o capitão no comando, ao constatar que aqueles homens eram soldados franceses em roupas civis dentro das linhas alemãs, decidiu enforcá-los sem julgamento ou cerimônia. Acredito que a viga central seja a mais forte, Jean."

O infeliz soldado foi arrastado da cadeira até onde um laço de corda havia sido atirado sobre uma das enormes vigas de carvalho que atravessavam o cômodo. A corda foi passada por cima de sua cabeça, e ele sentiu sua pegada áspera no pescoço. Os três camponeses seguraram a outra extremidade, então olharam para o conde à espera de ordens. O oficial, pálido, mas firme, cruzou os braços e permaneceu olhando de forma desafiadora para o homem que o torturava.

"O senhor agora se encontra cara a cara com a morte, e noto pelos seus lábios que está rezando. Meu filho também ficou cara a cara com a morte e também rezou. Por acaso, um general apareceu e ouviu meu filho rezando pela mãe. Aquilo comoveu tanto o homem, que era ele mesmo pai, que ordenou aos ulanos que se afastassem, permanecendo ali, ao lado dos condenados, apenas com seu ajudante de ordens. Depois de ouvir tudo o que o rapaz tinha a dizer, que era filho único de uma família antiga e que sua mãe tinha a saúde fraca, o general tirou o laço de seu pescoço assim como tiro o seu, então beijou cada bochecha como o beijo e permitiu que fosse embora, assim como o faço. E espero que todos os desejos amáveis daquele nobre general recaiam sobre sua cabeça, embora não tenham conseguido proteger meu filho da febre que o matou."

E foi assim que o capitão Baumgarten, desfigurado, sem enxergar e sangrando, saiu cambaleando para o vento e para a chuva daquele alvorecer tempestuoso de dezembro.

Lote n. 249

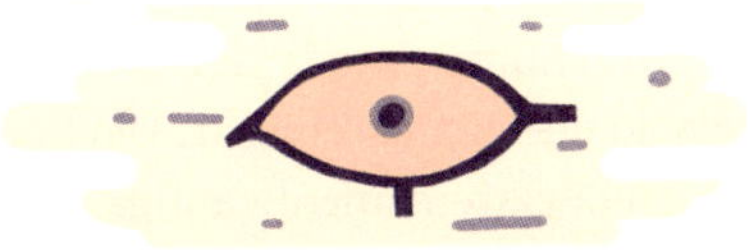

Talvez nunca se chegue a um juízo final e absoluto acerca da conduta de Edward Bellingham em relação a William Monkhouse Lee e do que motivou o grande terror de Abercrombie Smith. É verdade que contamos com o relato completo e claro do próprio Smith e com toda a corroboração que ele poderia esperar do criado Thomas Styles, do reverendo Plumptree Peterson, membro do Old College, e de outras pessoas que por acaso viram de relance um ou outro incidente de uma cadeia singular de eventos. No entanto, em sua essência, a história recai somente sobre Smith, e a maioria pensará que é mais provável um cérebro, por mais sadio que pareça, apresentar uma deformação sutil em sua estrutura, uma estranha falha em seu funcionamento, do que o curso da natureza ter se desviado à luz do dia num centro de aprendizagem e conhecimento tão famoso quanto a Universidade de Oxford. Contudo, quando pensamos em como o curso da natureza é estreito e tortuoso, em como o seguimos apenas muito vagamente, apesar de todas as luzes da ciência, e em como das trevas que o envolvem grandes e terríveis possibilidades tomam formas ainda mais sombrias, é um homem corajoso e confiante que porá um limite às estranhas trilhas pelas quais o espírito humano pode perambular.

Em certa ala do que chamaremos de Old College de Oxford, há uma torreta extremamente antiga. O pesado arco que se estende sobre a abertura da porta pendeu no centro, sentindo a força dos anos, e os blocos de pedra cinza manchados por líquens estão unidos por uma malha de hastes e ramos de heras, como se sua velha mãe tivesse se decidido a protegê-los do vento e das intempéries. Da porta, uma escada de pedra sobe em espiral, passando por dois patamares e culminando no terceiro, seus degraus disformes e côncavos pelas pegadas de tantas gerações em busca de conhecimento. A vida fluía como água escada sinuosa abaixo, deixando, também à maneira da água, ranhuras lisas e desgastadas para trás. Dos pedantes estudiosos de vestes longas dos dias da Dinastia Plantageneta ao sangue jovem de uma época mais tardia, quão cheia e forte havia sido aquela maré de vida jovem, inglesa. E o que resta agora de todas aquelas esperanças, de todos aqueles esforços, de toda aquela energia ardente, além de, aqui e ali, num cemitério do antigo mundo algumas ranhuras numa pedra, e possivelmente um punhado de pó num caixão se deteriorando? Contudo, ali estavam a escada silenciosa, a antiga parede cinza com curvas, sautores e muitos outros símbolos heráldicos que ainda podiam ser identificados na superfície, como sombras grotescas arremessadas dos dias passados.

No mês de maio do ano de 1884, três jovens ocupavam o conjunto de aposentos que davam para os patamares independentes da antiga escada. Cada moradia consistia apenas em uma sala de estar e um quarto, enquanto os dois cômodos correspondentes no térreo eram usados um como depósito de carvão e outro como sala do criado, ou vigia, Thomas Styles, responsável por atender os três jovens acima dele. À direita e à esquerda ficava uma fileira de salas de aula e de escritórios, de modo que os moradores da antiga torreta desfrutavam de certa reclusão, o que tornava aqueles aposentos populares entre os alunos mais estudiosos. Eram desse tipo os sujeitos que os ocupavam no momento: Abercrombie Smith, no andar mais alto; Edward Bellingham, abaixo dele; e William Monkhouse Lee, no patamar inferior.

Eram dez horas de uma noite iluminada de primavera, e Abercrombie Smith estava recostado em sua poltrona, com os pés sobre o guarda-fogo da lareira e um cachimbo de madeira de urze entre os lábios. Numa poltrona similar do outro lado da lareira, igualmente à vontade, esticava-se Jephro Hastie, seu velho amigo dos tempos de escola.

Ambos usavam calça de flanela, pois haviam passado o anoitecer no rio, mas, ainda que não fosse por suas roupas, ninguém olharia para o rosto alerta e duro deles sem notar que eram homens que desfrutavam do ar livre — homens cuja mente e cujos gostos se voltavam sem dúvida para tudo o que era viril e robusto. Hastie era, aliás, o voga de seu barco na universidade, e Smith era um remador ainda melhor, mas a proximidade das provas já tinha projetado sua sombra sobre ele e feito com que se aferrasse aos estudos, com exceção de algumas poucas horas por semana exigidas pela saúde. Uma pilha de livros de medicina sobre a mesa, além de ossos dispersos, modelos e ilustrações anatômicas, apontava para a extensão e para a natureza de seus estudos, enquanto um par de bastões de madeira e outro de luvas de boxe sobre a cornija indicavam os meios pelos quais, com a ajuda de Hastie, ele podia se exercitar da maneira mais rápida e menos distante. Os dois se conheciam muito bem — tão bem que podiam ficar sentados no silêncio relaxante que é o maior fruto do companheirismo, como naquele momento.

"Aceita um uísque?", perguntou Abercrombie Smith afinal, entre duas baforadas no cachimbo. "Tenho escocês de jarro e irlandês de garrafa."

"Não, obrigado. Remo individualmente, e não bebo em treinamento. E você?"

"Ando lendo muito. É melhor deixar para lá."

Hastie assentiu, então retornou a um silêncio satisfeito. "A propósito, Smith", começou a dizer depois, "já conheceu algum de seus colegas de torre?"

"Só nos cumprimentamos de passagem. Nada mais."

"Hum! Eu ficaria tentado a deixar as coisas dessa forma. Tenho informações sobre ambos. Nada importante, mas tanto quanto preciso. Não acho que seria muito íntimo deles em seu lugar. Não que haja algo de errado com Monkhouse Lee."

"O magro?"

"Exatamente. É um rapazinho bastante educado. Não acho que tenha vícios. Mas é impossível conhecê-lo melhor sem conhecer também Bellingham."

"O gordo?"

"Sim, o gordo. É um homem que, de minha parte, preferiria não conhecer."

Abercrombie Smith ergueu as sobrancelhas e olhou de relance para o seu companheiro. "O que acontece, então?", perguntou. "Bebida? Jogo? Mulheres? Você não costuma ser muito severo em seus julgamentos."

"Ah! Evidentemente não conhece o homem, senão nem perguntaria. Há algo de execrável nele, algo de vil. Algo que sempre faz meu estômago se revirar. Eu deveria tachá-lo de homem de vícios secretos, pessoa maligna. Mas ele não é tolo. Dizem que é um dos melhores homens de seu ramo que já passaram por esta instituição."

"Medicina ou estudos clássicos?"

“Línguas orientais. É um gênio para eles. Chillingworth o encontrou em algum lugar acima da segunda catarata muito tempo atrás, e me disse que o outro conversava com os árabes como se tivesse nascido e sido criado entre eles. Falava copta com os coptas, hebraico com os judeus, árabe com os beduínos, e todos pareciam prontos para beijar seus pés. Há alguns velhos eremitas para aqueles lados, que ficam sentados em pedras, fazendo uma careta e cuspindo nos forasteiros ocasionais. Bem, quando viram o tal do Bellingham, antes de ele ter dito cinco palavras, já se encontravam de bruços, contorcendo-se. Chillingworth disse

que nunca viu nada igual. E Bellingham parecia achar que merecia aquilo, e se pavoneava em meio a eles, tratando-os com arrogância. É bastante coisa para um aluno de graduação do Old College, não acha?"

"E por que diz que não é possível conhecer Lee sem conhecer Bellingham?"

"Porque Bellingham está noivo da irmã dele, Eveline. Uma moça brilhante, Smith! Conheço bem toda a família. É repugnante ver aquele bruto com ela. Um sapo e uma pomba, é o que sempre me lembram."

Abercrombie Smith sorriu e bateu as cinzas do cachimbo contra a lateral do guarda-fogo.

"Já revelou todas as cartas que tem nas mãos, velho amigo", disse. "Que sujeito mais preconceituoso, ciumento e mal-intencionado é! Na verdade, você não tem nada contra o rapaz a não ser isso."

"Bem, eu a conheço desde que tinha o tamanho daquele cachimbo de madeira de cerejeira, e não gosto de vê-la correndo risco. E trata-se de um risco. O sujeito tem uma aparência animalesca. E um temperamento animalesco, um temperamento venenoso. Você se lembra da briga dele com Long Norton?"

"Não. Você sempre se esquece de que sou um calouro."

"Ah, foi no inverno passado. É claro. Bem, você conhece o caminho à margem do rio. Vários rapazes seguiam por ele, com Bellingham à frente, quando depararam com uma velha comerciante vindo no sentido contrário. Tinha chovido — você sabe como aqueles campos ficam com chuva — e o caminho se estendia por entre o rio e uma enorme poça, quase tão ampla quanto o rio. E o que aquele porco fez foi se manter no caminho e empurrar a velha para a lama, de modo que ela e suas mercadorias sofressem um terrível revés. Foi um ato torpe, e Long Norton, que é dos mais gentis cavalheiros que já pisaram na Terra, disse a Bellingham o que achava daquilo. Uma palavra levou a outra, e tudo acabou com Norton batendo-lhe nas costas com sua bengala. Seguiu-se uma confusão dos diabos, e agora é um prazer ver a maneira como Bellingham olha para Norton quando se encontram. Mas, por Jove, são quase onze horas, Smith!"

"Não há pressa. Volte a acender o cachimbo."

"Não. Eu deveria estar treinando. E fiquei sentado aqui, tagarelando, quando deveria estar aconchegado na segurança do lar. Vou pegar seu crânio emprestado, se não se importa. Williams está com o meu já faz um mês. Também vou levar os ossinhos da orelha, se tiver certeza de que não vai precisar deles. Muito obrigado. Não preciso de um saco, posso acomodá-los perfeitamente bem debaixo do braço. Boa noite, meu filho, e siga meu conselho quanto a seu vizinho."

Quando Hastie, carregando os despojos anatômicos, já descia com estrépito a escada em espiral, Abercrombie Smith esvaziou seu cachimbo no cesto de lixo e, aproximando a poltrona da luz, mergulhou num formidável volume de capa verde, adornado com mapas grandes e coloridos daquele estranho reino interno do qual somos os infelizes e indefesos monarcas. Embora fosse um novato em Oxford, Abercrombie Smith não era um novato na medicina, pois havia trabalhado por quatro anos em Glasgow e em Berlim, e a prova que estava por vir ia enfim destacá-lo como um profissional de sua área. Com a boca rígida, a ampla testa e o rosto definido de traços duros, tratava-se de um homem que, se não era brilhante, era tão determinado, tão paciente e tão seguro que ao fim poderia acabar superando um gênio mais vistoso. Um homem que se garante sozinho entre escoceses e alemães do norte não é alguém que recua com facilidade. Smith deixara seu nome marcado em Glasgow e em Berlim e estava determinado a fazer o mesmo em Oxford se trabalho duro e dedicação pudessem levar a tal.

Já fazia cerca de uma hora que estava lendo, e os ponteiros do relógio barulhento que ficava sobre a mesa lateral se aproximavam das doze, quando um som repentino chegou aos ouvidos do estudante — um som agudo e penetrante, como o assovio de um homem arfando sob forte emoção ao puxar o ar. Smith deixou o livro de lado e inclinou os ouvidos para ouvir. Não havia ninguém de um ou de outro lado, nem acima, de modo que a interrupção certamente vinha do vizinho de baixo — o mesmo de quem Hastie fizera um relato tão desagradável. Smith só sabia que se tratava de um sujeito flácido, de rosto pálido e de hábitos silenciosos e estudiosos, alguém cuja lamparina lançava um brilho dourado sobre a velha torreta mesmo depois que ele próprio extinguira a sua. Aquela comunhão tarde da noite formava um vínculo silencioso entre os dois. Reconfortava Smith, quando as horas avançavam rumo ao alvorecer, saber que havia alguém tão perto que valorizava o sono tão pouco quanto ele próprio. Mesmo agora, quando seus pensamentos se voltaram ao vizinho, seus sentimentos eram gentis. Hastie era um bom rapaz, mas um tanto rude e duro, sem nenhuma imaginação ou empatia. Não suportava distanciamentos do que considerava modelo de virilidade. Que um homem não pudesse ser medido por padrões de escola pública era inaceitável para Hastie. Como tantos outros também robustos, ele tendia a confundir constituição e caráter, e atribuía à falta de princípios o que na verdade era falta de circulação. Smith, mais determinado, conhecia o hábito de seu amigo, e o levava em consideração agora que seus pensamentos se voltavam ao homem no piso de baixo.

O ruído singular não se repetiu, e Smith estava prestes a retornar a seus estudos quando, de repente, um brado rouco irrompeu no silêncio da noite, claramente um grito — o chamado de um homem comovido e abalado para além de qualquer controle. Smith se levantou da poltrona e largou o livro. Era um homem de bastante fibra, mas havia algo naquele berro repentino e incontrolável de horror que congelava seu sangue e fazia seus pelos se arrepiarem. Vindo de tal lugar, em tal horário, trazia-lhe à mente milhares de possibilidades fantásticas. Devia correr até lá embaixo ou seria melhor esperar? Tinha toda a aversão nacional a fazer uma cena e sabia tão pouco de seu vizinho que não deveria se intrometer nem de leve em seus assuntos. Por um momento, ficou em dúvida, e enquanto considerava o tema ouviu o estrépito de passos rápidos na escada, até que o jovem Monkhouse Lee, parcialmente vestido e branco como um fantasma, surgiu em seu quarto.

"Venha!", ofegou. "Bellingham está passando."

Abercrombie Smith o seguiu de perto pela escada até a sala que ficava abaixo da sua, e por mais focado que estivesse no assunto em questão, não pôde deixar de olhar à sua volta com admiração ao atravessar a porta. Nunca vira um cômodo igual — parecia mais um museu que uma sala de estudos. Paredes e teto estavam cobertos de milhares de estranhas relíquias do Egito e do Oriente. Figuras altas, angulares, carregando fardos ou armas se seguiam num friso grosseiro ao redor dos aposentos. Acima, havia estátuas com cabeça de touro, de cegonha, de gato, de coruja, monarcas de olhos amendoados coroados de víboras e estranhas divindades, parecidas com escaravelhos, esculpidas no lápis-lazúli egípcio. Hórus e Ísis e Osíris espreitavam de cada nicho e prateleira, enquanto no teto estava pendurado com um laço duplo um verdadeiro filho do Velho Nilo, um grande crocodilo de mandíbula aberta.

No centro desse cômodo singular havia uma mesa grande e quadrada, cheia de papéis, garrafas e folhas secas de uma espécie graciosa de planta, parecida com uma palmeira. Esses objetos variados tinham sido amontoados com a intenção de abrir espaço a uma tumba, que fora afastada da parede, como ficava evidente pelo vão aberto ali, e deitada à frente da mesa. A múmia em si, uma coisa horrível, preta e murcha, como uma cabeça carbonizada num arbusto retorcido, estava parcialmente fora do túmulo, com sua mão em formato de garra e seu antebraço ossudo sobre a mesa. Apoiado no sarcófago havia um rolo de pergaminho antigo e amarelado, e à frente dele, numa poltrona com braços de madeira, estava o dono do quarto, com a cabeça caída para trás, os olhos arregalados voltados para o crocodilo mais acima como se estivesse horrorizado, os lábios grossos e azulados, bufando audivelmente a cada expiração.

"Meu Deus! Ele está morrendo", gritou Monkhouse Lee, desvairado.

Tratava-se de um jovem magro e bonito, com pele morena e olhos escuros, de um tipo mais hispânico que inglês, e uma intensidade céltica nos modos que contrastava com a fleuma saxônica de Abercrombie Smith.

"Foi só um desmaio, imagino", disse o estudante de medicina. "Dê-me uma ajuda. Pegue os pés dele. Agora, para o sofá. Consegue chutar todos esses demônios de madeira daí? Que bagunça! Logo ele ficará bem, se abrirmos seu colarinho e lhe dermos um pouco de água. O que ele estava fazendo?"

"Não sei. Ouvi um grito. Então vim correndo. Eu o conheço muito bem, sabe? Foi muita bondade sua ter vindo."

"O coração dele bate como castanholas", disse Smith, colocando a mão sobre o peito do homem inconsciente. "Ele parece estar aterrorizado. Jogue-lhe água! Note só seu rosto!"

Era de fato um rosto dos mais estranhos e repelentes, porque tanto a cor quanto as feições estavam igualmente anormais. Estava branco, não do tom ordinário do medo, mas um branco sem sangue de todo, como a parte inferior de um linguado. Era muito gordo, mas dava a impressão de ter sido consideravelmente mais em algum momento, pois sua pele pendia solta em vincos e dobras, e era marcada por uma rede de rugas. Fios castanhos curtos se eriçavam em seu couro cabeludo, e um par de orelhas grossas e enrugadas despontava nas laterais da cabeça. Seus olhos cinza-claros permaneciam abertos, com as pupilas dilatadas e os globos oculares se projetando num olhar fixo incômodo. Conforme Smith o observava, pareceu-lhe que nunca havia visto os sinais de perigo da natureza tão claros no semblante de um homem, e seus pensamentos se voltaram com mais seriedade ao aviso de Hastie de uma hora antes.

"O que pode tê-lo assustado assim?", Smith perguntou.

"A múmia."

"A múmia? Mas como?"

"Não sei. É desagradável e mórbida. Gostaria que ele desistisse dela. É o segundo susto que me dá. Ocorreu o mesmo no último inverno. Encontrei-o assim, com essa coisa horripilante à sua frente."

"E o que ele pretende com essa múmia, então?"

"Ah, ele é um excêntrico, sabe? É o seu hobby. Entende mais dessas coisas que qualquer outro homem na Inglaterra. Mas eu gostaria que não fosse assim! Ah, ele está voltando a si."

Uma ligeira tonalidade começava a se insinuar nas bochechas sinistras de Bellingham, e suas pálpebras passavam a tremer como uma vela depois da calmaria. Ele abriu e fechou as mãos, puxou o ar devagar e de maneira rasa por entre os dentes e sacudiu a cabeça de repente, lançando um olhar de reconhecimento ao seu redor. Quando seus olhos pousaram na múmia, ergueu-se, pegou o rolo de pergaminho, enfiou-o numa gaveta, trancou-a e então retornou cambaleando ao sofá.

"O que está acontecendo?", Bellingham perguntou. "O que querem?"

"Você esteve gritando e fez um alarde sem fim", disse Monkhouse Lee. "Se nosso vizinho de cima não tivesse vindo, não sei o que eu teria feito com você."

"Ah, é Abercrombie Smith", disse Bellingham, olhando de relance para o outro. "Foi muita bondade sua ter vindo! Como fui tolo! Ah, meu Deus, como fui tolo!"

Ele levou a cabeça às mãos e irrompeu num riso histérico estrepitoso.

"Olhe para mim! Pare com isso!", exclamou Smith, sacudindo seus ombros com força. "Seus nervos estão em frangalhos. É melhor deixar de lado as brincadeiras com múmias à meia-noite ou perderá de vez a cabeça. Você está muito agitado agora."

"Pergunto-me", disse Bellingham, "se estaria tão tranquilo quanto eu caso tivesse visto..."

"Caso tivesse visto o quê?"

"Ah, nada. Só quis dizer que me pergunto se conseguiria ficar sentado com uma múmia à noite sem estar com os nervos à flor da pele. Não tenho dúvida de que está certo. Ouso dizer que tenho me desgastado demasiado ultimamente. Mas estou bem agora. Contudo, não se vá, por favor. Espere alguns minutos até que eu volte a mim mesmo."

"O quarto está muito pesado", comentou Lee, abrindo a janela e deixando o ar fresco da noite entrar.

"É a resina balsâmica", disse Bellingham. Ele ergueu uma das folhas secas de palmeira da mesa sob a manga do candeeiro. Ela se partiu em coroas pesadas de fumaça, e um odor pungente e cáustico preencheu o cômodo. "É uma planta sagrada. A planta dos sacerdotes", Bellingham comentou. "Sabe algo das línguas orientais, Smith?"

"Nada. Nem uma palavra."

A resposta pareceu tirar um peso da mente do egiptólogo.

"A propósito", prosseguiu, "quanto tempo se passou entre você ter corrido até aqui e eu ter recuperado os sentidos?"

"Não muito. Entre quatro e cinco minutos."

"Imaginei que não podia ter sido muito mesmo", disse, com uma inspiração profunda. "Mas como é estranha a consciência! Não há medida para ela. Não teria como dizer pelas minhas próprias sensações se haviam se passado segundos ou semanas. E aquele cavalheiro à mesa, que foi embalsamado na época da décima primeira dinastia, cerca de quarenta séculos atrás, se recuperasse a fala poderia nos dizer que esse lapso de tempo consistiu num fechar e abrir de olhos. Trata-se de uma múmia particularmente nobre, Smith."

Smith se aproximou da mesa e olhou de modo muito profissional para a forma escura e retorcida à sua frente. Os traços, embora descoloridos de maneira horrorosa, se mantinham perfeitos, e dois olhos pequenos, parecendo avelãs, ainda espreitavam das profundezas das cavidades negras e ocas. A pele manchada estava bem esticada através dos ossos, e um emaranhado de cabelos pretos e grossos caía sobre as orelhas. Dois dentes finos, como os de um rato, se sobrepunham ao lábio inferior, ressecado. Em sua posição encolhida, com as articulações dobradas e a cabeça inclinada, havia uma sugestão de energia naquela coisa horrível que fazia o estômago de Smith se revirar.

As costelas emaciadas, cobertas pela pele semelhante a um pergaminho, estavam expostas, e o abdome afundado cor de chumbo apresentava uma fenda comprida onde o embalsamador deixara sua marca. Os membros inferiores estavam envoltos em ataduras grosseiras e amareladas. Havia pedacinhos de mirra e cássia, parecidos com cravos, espalhados pelo corpo e pelo interior do sarcófago.

"Não sei o nome dele", disse Bellingham, passando a mão pela cabeça ressecada. "O sarcófago externo, que devia conter as inscrições, não foi encontrado. Lote n. 249 é seu único nome agora. É o que está pintado em sua tumba. Era seu número no leilão em que o adquiri."

"Ele deve ter sido um homem muito bonito em sua época", comentou Abercrombie Smith.

"Ele foi um gigante. Sua múmia tem dois metros de altura, o que representaria de fato um gigante na época, visto que não se tratava de um povo muito robusto. Sinta os ossos grandes e nodosos também. Devia ser um sujeito difícil de derrubar."

"Talvez suas mãos tenham ajudado a construir pirâmides", sugeriu Monkhouse Lee, olhando com uma repugnância evidente para as garras retorcidas e imundas.

"De modo algum. Esse sujeito foi embalsamado com natrão, e no estilo mais apropriado. Esse tratamento não era dado a qualquer um. Sal ou betume já bastariam. Calcula-se que esse tipo de coisa custaria cerca de setecentas e trinta libras atuais. Nosso amigo era um nobre, no mínimo. O que acha da inscrição diminuta próxima a seus pés, Smith?"

"Já lhe disse que não conheço nenhuma língua oriental."

"Ah, de fato. É o nome do embalsamador, imagino. Devia ser muito cuidadoso em seu trabalho. Pergunto-me quantas obras modernas sobreviverão por quatro mil anos."

Ele prosseguiu falando depressa e com leveza, mas ficou evidente para Abercrombie Smith que ainda palpitava de medo. Suas mãos tremiam, o lábio inferior também, e, independentemente do que observasse, seus olhos sempre se voltavam ao repulsivo companheiro. Apesar de todo o medo, no entanto, havia um toque de triunfo no tom e nos modos de Bellingham. Seus olhos brilhavam e seus passos eram rápidos e animados conforme perambulava pelo cômodo. Dava a impressão de um homem que passara por uma provação e ainda carregava marcas, embora ela o tivesse ajudado em seus objetivos.

"Não vá ainda", Bellingham exclamou quando Smith se levantou do sofá.

Diante da perspectiva da solidão, seus medos pareceram tomar conta dele, e Bellingham estendeu uma mão para detê-lo.

"Devo ir. Tenho trabalho a fazer. Mas você está bem agora. Parece-me que, com o seu sistema nervoso, seria melhor estudar algo menos mórbido."

"Ah, meu nervosismo não é a regra; e já desenfaixei outras múmias."

"Você desmaiou da última vez", observou Monkhouse Lee.

"Ah, sim, de fato. Bem, devo tomar um tônico para os nervos ou um choque elétrico. Você não está indo, está, Lee?"

"Farei como deseja, Ned."

"Então descerei com você para me acomodar em seu sofá. Boa noite, Smith. Sinto muito por tê-lo perturbado com minhas tolices."

Eles trocaram um aperto de mãos, e, enquanto subia a escada em espiral irregular, o estudante de medicina ouviu uma chave girando na fechadura e os passos de seus dois novos conhecidos conforme seguiam para o piso inferior.

Foi dessa estranha maneira que teve início a relação entre Edward Bellingham e Abercrombie Smith, uma relação a qual o último, pelo menos, não desejava aprofundar. O vizinho de fala grossa, no entanto, pareceu cair nas graças de Bellingham, cujos avanços foram de tal natureza que tornavam quase impossível ser repelido sem absoluta brutalidade. Em duas ocasiões, ele agradeceu a Smith por sua assistência, e muitas vezes depois o procurou com livros, documentos e outras civilidades que dois vizinhos solteiros podem proporcionar um ao outro. Bellingham era, como Smith logo descobriu, um homem de vasta leitura, com gostos católicos e memória extraordinária. Seus modos eram tão gentis e delicados que, com o tempo, se esquecia sua aparência repulsiva. Para um homem fatigado, ele não era uma companhia desagradável, e depois de um tempo Smith se viu aguardando por suas visitas, e até as retribuindo.

Sagaz como sem dúvida era, no entanto, o estudante de medicina pensou detectar um traço de insanidade no outro homem. Às vezes, ele irrompia numa fala de estilo elevado e inflamado, que contrastava com a simplicidade de sua vida.

"É algo incrível", exclamou, "sentir que se pode comandar os poderes do bem e do mal — um anjo da guarda ou um demônio da vingança." E, mais uma vez, sobre Monkhouse Lee, disse: "Lee é um bom homem, um sujeito honesto, mas é desprovido de força ou ambição. Não seria um parceiro adequado para um homem numa grande empreitada. Não seria um parceiro adequado para mim".

Diante de tais sugestões e insinuações, o impassível Smith, fumando seu cachimbo de modo solene, simplesmente erguia as sobrancelhas e balançava a cabeça, proferindo algumas poucas interjeições de sabedoria médica quanto aos benefícios de despertar mais cedo e tomar ar fresco.

Um hábito que Bellingham tinha desenvolvido nos últimos tempos e que Smith sabia ser com frequência um arauto de uma mente em decadência. Dava a impressão de estar sempre falando consigo mesmo. Em horas avançadas da noite, quando não poderia ter nenhuma visita, Smith ainda ouvia sua voz no andar inferior, num monólogo baixo e abafado, quase um sussurro, mas ainda assim bastante audível no silêncio. Aquele murmúrio solitário incomodava e distraía o estudante, o que o levou mais de uma vez a mencioná-lo ao vizinho. Bellingham, no entanto, apenas corou diante da acusação e negou bruscamente que tivesse proferido qualquer som; na verdade, demonstrou mais irritação com o assunto do que a ocasião parecia justificar.

Caso Abercrombie Smith duvidasse de seus próprios ouvidos, não precisaria ir muito longe para que fossem corroborados. Tom Styles, o criadinho cheio de rugas que atendia às necessidades dos moradores da torreta desde tempos imemoriáveis, se encontrou numa situação difícil por esse mesmo motivo.

"Se me permite a ousadia, senhor", ele disse, enquanto arrumava os aposentos superiores uma manhã, "parece-lhe que o sr. Bellingham está bem?"

"Bem, Styles?"

"Sim, senhor. Bem da cabeça, senhor."

"E, então, por que não estaria?"

"Bem, não sei, senhor. Seus hábitos mudaram nos últimos tempos. Ele não é mais o homem que costumava ser, embora eu tome a liberdade de dizer que nunca foi exatamente meu tipo de cavalheiro, como o sr. Hastie ou o senhor mesmo. Ele passou a falar sozinho, algo terrível. Pergunto-me se não o incomoda. Não sei o que pensar dele, senhor."

"Acredito que isso não lhe diga respeito, Styles."

"Bem, estou preocupado, sr. Smith. Talvez seja inadequado da minha parte, mas não consigo evitar. Às vezes sinto que sou mãe e pai de meus jovens cavalheiros. A culpa recai sobre mim quando as coisas dão errado e os parentes vêm. Mas o sr. Bellingham... Eu gostaria de saber o que é que perambula por seu quarto às vezes, quando ele mesmo saiu e a porta está trancada por fora."

"Como? Está dizendo tolices, Styles."

"Talvez, senhor. Mas ouvi mais de uma vez, com meus próprios ouvidos."

"É um despropósito, Styles."

"Muito bem, senhor. Toque a campainha se precisar de mim."

Abercrombie Smith deu pouca atenção às fofocas do velho criado, mas um pequeno incidente ocorrido alguns dias depois teve um efeito desagradável em sua mente e lhe trouxe as palavras de Styles de volta à força.

Bellingham tinha ido vê-lo tarde uma noite e o entretinha com um relato muito interessante dos túmulos de pedra de Beni Haçane, no Alto Egito, quando Smith, cuja audição era notavelmente apurada, ouviu sem dúvida o som de uma porta se abrindo no andar de baixo.

"Alguém entrou ou saiu pela sua porta", comentou.

Bellingham se levantou e pareceu não saber o que fazer por um momento, com a expressão de um homem dividido entre a incredulidade e o medo.

"Com certeza a tranquei. Estou quase certo de que a tranquei", ele gaguejou. "Ninguém poderia tê-la aberto."

"Bem, agora ouço alguém subindo os degraus", disse Smith.

Bellingham correu para a porta, batendo-a atrás de si com um estrondo, e desceu os degraus às pressas. Quando devia estar na metade do lance da escada, Smith o ouviu parar e pensou ter identificado sussurros. Um momento depois, a porta de baixo se fechou e a chave chiou na fechadura. Bellingham, com gotas de suor no rosto pálido, voltou a subir a escada e a entrar no quarto.

"Está tudo bem", disse, jogando-se numa cadeira. "Foi aquele cachorro idiota. Ele abriu a porta com um empurrão. Não sei como posso ter me esquecido de trancá-la."

"Não sabia que tinha um cachorro", disse Smith, olhando com todo o cuidado para o rosto perturbado de seu companheiro.

"Sim, não faz muito tempo que o tenho. Preciso me livrar dele. É um enorme aborrecimento."

"Deve ser, se tem tanta dificuldade de prendê-lo. Seria de imaginar que só fechar a porta seria o suficiente, sem necessidade de trancá-la."

"Não quero que o velho Styles o deixe escapar. Ele tem algum valor, sabe, e seria embaraçoso perdê-lo."

"Eu mesmo sou uma espécie de aficionado por cães", disse Smith, olhando de soslaio, mas ainda com firmeza, para seu companheiro. "Talvez me permita dar uma olhada nele."

"Certamente. Mas temo que não poderá ser esta noite, tenho um compromisso. Esse relógio está certo? Se for o caso, já estou um quarto de hora atrasado. Vai me desculpar, tenho certeza."

Pegou a capa e saiu às pressas do quarto. Apesar do compromisso, Smith o ouviu entrar no próprio aposento e trancar a porta por dentro.

A conversa deixou uma impressão desagradável na mente do estudante de medicina. Bellingham tinha mentido a ele e de forma tão desajeitada que parecia que havia motivos desesperados para esconder a verdade. Smith sabia que seu vizinho não tinha cachorro. Também sabia que os passos que ouvira na escada não eram de um animal. Mas, se não eram, como explicar aquilo? O velho Styles havia comentado que às vezes alguém perambulava pelo quarto quando o morador não estava. Poderia ser uma mulher? Smith se inclinava bastante àquela suposição. Se fosse o caso, implicaria desgraça e expulsão se as autoridades descobrissem, o que justificaria sua ansiedade e suas mentiras. No entanto, era inconcebível que um estudante da graduação pudesse manter uma mulher em seus aposentos sem ser descoberto na hora. Qualquer que fosse a explicação, havia algo de errado ali, e, enquanto retornava aos seus livros, Smith se decidiu a desencorajar todas as tentativas futuras de intimidade da parte de seu vizinho de fala mansa e de aparência desagradável.

Mas seus estudos estavam destinados à interrupção naquela noite. Ele mal havia retomado quando passos firmes e pesados subiram três degraus por vez, e Hastie, de jaqueta e calça de flanela, irrompeu no quarto.

"Ainda nisso?", comentou ele, jogando-se em sua poltrona de sempre. "É um sujeito dedicado! Parece-me que um terremoto poderia destruir toda a Oxford que você permaneceria sentado com seus livros entre as ruínas, perfeitamente plácido. Mas não vou importuná-lo muito. Três baforadas e vou-me embora."

"Quais são as novidades?", perguntou Smith, apertando o tabaco no cachimbo com o indicador.

"Nada de especial. Wilson fez setenta pelos calouros contra os onze do time titular. Dizem que vai ficar no lugar de Buddicomb, porque Buddicomb não está em seu melhor. Ele costumava lançar um pouco, mas agora não consegue fazer nada além de um meio-voleio e uma bola curta."

"Braço direito, velocidade média", comentou Smith, com a seriedade e a intensidade com que os universitários falam de esportes.

"Mais para rápida, com um movimento de perna. Chega com o braço cerca de sete centímetros ou mais. Ele costumava ser terrível com o taco molhado. Ah, soube o que aconteceu com Long Norton?"

"O que houve?"

"Ele foi atacado."

"Atacado?"

"Sim, assim que virou a esquina da High Street, a uns cem metros do portão do Old College."

"Mas quem..."

"Ah, aí é que está! Se tivesse dito 'o quê' estaria mais correto. Norton jura que seu agressor não era humano, e, a julgar pelos arranhões em sua garganta, fico mesmo inclinado a concordar com ele."

"Mas o que seria? Uma assombração?" Abercrombie Smith exalava desprezo científico.

"Bem, não; não acho que tenha sido algo do tipo também. Parece-me que se algum dono de circo perdeu um macaco gigante nos últimos tempos, e o bruto anda por estas bandas, um júri teria uma acusação forte contra ele. Norton passa por ali todas as noites, no mesmo horário. Há uma árvore cuja copa pende baixa sobre o caminho — o grande olmo do jardim de Rainy. Norton acha que a coisa pulou da árvore para cima dele. De qualquer modo, quase foi estrangulado por dois braços que eram tão fortes e finos, Norton diz, quanto tiras de aço. Ele não viu nada; só os braços monstruosos que o apertavam mais e mais. Norton gritou até quase não poder mais, então um grupo de pessoas chegou correndo, e a coisa escalou o muro para fugir, como se fosse um gato. Ele não conseguiu vê-la direito em nenhum momento.

O incidente deu uma sacudida nele, posso garantir. Eu disse a ele que lhe fez tão bem quanto uma mudança para a praia."

"Um estrangulador, provavelmente", disse Smith.

"Bastante provável. Norton diz que não, mas não nos importamos com o que diz. O estrangulador tinha unhas compridas e foi bem ágil ao escalar o muro. Por sinal, seu belo vizinho ficaria muito satisfeito ao tomar conhecimento do ocorrido. Ele tem uma rusga com Norton, e pelo que sei não é um homem que esquece mesmo pequenas dívidas. Mas, ei, o que tem na cabeça, velho amigo?"

"Nada", Smith respondeu de maneira seca.

Ele tinha se sobressaltado em sua poltrona, e a expressão que se passara em seu rosto sugeria a de um homem que de repente é atingido por uma ideia desagradável.

"Parece que algo que eu disse tocou algum ponto sensível. Aliás, você se aproximou do sr. B. desde a última vez que nos vimos, não foi? O jovem Monkhouse Lee comentou algo nesse sentido."

"Sim; agora o conheço um pouco. Ele veio aqui uma ou duas vezes."

"Bem, você é grande e feio o bastante para tomar conta de si próprio. Ele não é exatamente o que eu chamaria de um tipo saudável, embora, sem dúvida, seja muito inteligente e tudo o mais. Mas logo descobrirá tudo por si mesmo. Lee é boa pessoa; um rapazinho muito decente.

Bem, até breve, velho amigo! Na quarta-feira enfrentarei Mullins no torneio do vice-chanceler. Apareça, se não nos virmos antes."

O apático Smith deixou o cachimbo de lado e retornou a seus livros mais uma vez, impassível. Mas, mesmo com toda a força de vontade do mundo, teve muita dificuldade em se concentrar no trabalho. Seus pensamentos passavam ao homem no andar de baixo e ao pequeno mistério que rondava seus aposentos. Então, se voltavam ao ataque singular de que Hastie falara e à rusga que diziam que Bellingham tinha com a vítima. As duas ideias insistiam em aparecer juntas em sua mente, como se houvesse uma ligação próxima, íntima, entre elas. Contudo, a suspeita era tão ínfima e vaga que não podia ser posta em palavras.

"Maldito sujeito!", exclamou Smith, atirando seu livro de patologia para o outro lado do cômodo. "Perturbou minha noite de leitura, o que já seria motivo o bastante, se não houvesse nenhum outro, para me afastar dele no futuro."

Por dez dias, o estudante de medicina ficou tão confinado com seus estudos que nem viu nem ouviu nada dos homens que viviam abaixo dele. Nos horários em que Bellingham costumava visitá-lo, ele tomava o cuidado de manter a porta externa fechada, e embora mais de uma vez tivesse ouvido alguém batendo, recusou-se a atender. Uma tarde, no entanto, Smith estava descendo a escada quando, bem no momento de sua passagem, a porta de

Bellingham abriu de súbito, e o jovem Monkhouse Lee saiu, com os olhos brilhando e a pele morena vermelha--escura de raiva. Em seu encalço, estava Bellingham, com o rosto gordo e pouco saudável tremendo em virtude de um ardor maligno.

"Seu tolo!", ele sibilou. "Vai se arrepender!"

"Bem possível", exclamou o outro. "Escute-me bem. É o fim! Não quero saber!"

"De toda forma, você deu a sua palavra."

"Ah, e vou mantê-la! Não direi nada. Mas preferiria que a pequena Eva estivesse no túmulo. É o fim, de uma vez por todas. Ela fará o que eu disser. Não desejamos tornar a vê-lo."

Smith não deixou de ouvir tudo aquilo, mas se apressou, pois não desejava ser envolvido na discussão deles. Tratava-se de uma séria discórdia entre os dois, estava claro, e Lee faria com que o noivado do outro com sua irmã fosse rompido. Smith pensou na comparação que Hastie fizera entre o sapo e a pomba, e ficou satisfeito ao pensar que esse assunto estava chegando ao fim. O rosto de Bellingham quando se inflamava não era algo que agradasse aos olhos. Ele não era o homem a quem confiar a vida de uma moça inocente. Seguindo em frente, Smith se perguntava abatido o que poderia ter iniciado a discussão, e que promessa era aquela que Bellingham esperava tão ansiosamente que Monkhouse Lee cumprisse.

Era o dia da regata entre Hastie e Mullins, e um fluxo de homens seguia até as margens do Ísis. O sol de maio brilhava forte, e o caminho amarelado era marcado pela sombra preta dos olmos altos. De ambos os lados, assomavam as fachadas cinzentas dos prédios da universidade, como velhas e respeitáveis mães do conhecimento olhando de suas janelas elevadas com barras para a maré de vidas jovens passando tão animadamente por elas. Professores de capa preta, funcionários empertigados, estudantes dedicados e pálidos, jovens atletas de rosto moreno usando chapéu de palha e suéter branco ou jaquetas coloridas, todos corriam em direção ao rio azul e sinuoso, cujas curvas atravessavam os prados de Oxford.

Abercrombie Smith, com a intuição de um antigo remador, escolheu um lugar onde sabia que a disputa aconteceria, se houvesse uma. Ao longe, ouviu o zumbido que anunciava a largada, o rugido coletivo da aproximação, o trovejar de pés correndo e os gritos dos homens nos botes abaixo dele. Uma rajada de corredores parcialmente vestidos e com a respiração pesada passou por ele, e esticando o pescoço acima de seus ombros Smith viu Hastie a uma velocidade constante, enquanto seu adversário avançava um pouco mais rápido, mas de maneira vacilante e um bom barco para trás. Smith comemorou por seu amigo, depois pegou o relógio e já ia retornar aos seus aposentos quando sentiu um toque no ombro e deparou com o jovem Monkhouse Lee atrás dele.

"Eu o vi aqui", disse, de um modo tímido e depreciativo. "Queria falar com você, se puder dispensar meia hora. Aquele chalé é meu. Eu o divido com Harrington, do King's. Venha tomar uma xícara de chá."

"Devo voltar em breve", disse Smith. "Preciso ser muito dedicado no momento. Mas irei por alguns minutos, com prazer. Nem teria vindo se Hastie não fosse meu amigo."

"Ele é meu amigo também. Não tem um belo estilo? Mullins não foi páreo para ele. Mas vamos para o chalé. É quase um antro, mas é agradável trabalhar ali durante os meses do verão."

Era uma construção pequena, quadrada e branca, com portas verdes, venezianas e um alpendre rústico de treliça, recuada uns cinquenta metros da margem do rio. Lá dentro, o cômodo principal tinha sido grosseiramente equipado como sala de estudos — havia uma mesa de madeira, prateleiras sem pintura com livros e algumas reproduções baratas de quadros a óleo penduradas na parede. Uma chaleira assoviava em cima de uma espiriteira e havia coisas de chá em uma bandeja sobre a mesa.

"Sente-se àquela cadeira e aceite um cigarro", disse Lee. "Deixe-me servir uma xícara de chá. Foi muita bondade sua ter vindo, pois sei que seu tempo anda todo ocupado. Só queria dizer que, no seu lugar, mudaria de quarto de imediato."

Smith ficou ali, olhando para o fósforo aceso numa mão e o cigarro apagado em outra.

"Sim, deve parecer algo extraordinário, e o pior é que não posso lhe dar minhas razões, pois prometi solenemente não o fazer — prometi muito solenemente. Mas posso dizer que não acho que seja seguro morar perto de Bellingham. Pretendo acampar aqui pelo tempo que for possível."

"Não acha seguro! O que quer dizer com isso?"

"Ah, é isso que não posso dizer. Mas aceite meu conselho e troque de quarto. Tivemos uma grande discussão hoje. Você deve ter ouvido, porque estava descendo a escada."

"Percebi que tinham se desentendido."

"Ele é um sujeito terrível, Smith. Essa é a única palavra para ele. Alimento dúvidas em relação a ele desde aquela noite em que desmaiou — quando você desceu, recorda? Eu o confrontei hoje, e ele me contou coisas que deixaram meus cabelos em pé, e quis que eu o ajudasse. Não sou um puritano, mas sou filho de um clérigo, sabe disso, e acho que há algumas coisas inaceitáveis. Só posso agradecer a Deus por ter descoberto tudo antes que fosse tarde demais, porque ele teria entrado em minha família pelo casamento."

"Tudo isso eu compreendo, Lee", disse Abercrombie Smith de forma rude. "Mas ou você está falando demais ou está falando muito pouco."

"Eu o estou alertando."

"Se houver um motivo real para me alertar, nenhuma promessa pode prendê-lo. Se eu visse um mau caráter prestes a explodir um lugar com dinamite, eu não deixaria de impedi-lo por causa de um juramento."

"Ah, mas não posso impedi-lo, e não posso fazer nada além de alertar você."

"Sem dizer contra o que me alerta."

"Contra Bellingham."

"Mas isso é imaturo. Por que deveria temê-lo ou a qualquer outro homem?"

"Não posso lhe dizer. Só posso suplicar que mude de quarto. Corre perigo onde está agora. Não estou nem dizendo que Bellingham deseja machucá-lo. Mas poderia acontecer, porque neste momento é um vizinho perigoso."

"Talvez eu saiba mais do que imagina", disse Smith, olhando com atenção para o rosto infantil e fervoroso do outro. "E se eu lhe dissesse que mais alguém reside nos aposentos de Bellingham?"

Monkhouse Lee se ergueu da cadeira numa excitação incontrolável. "Então você sabe?", arfou.

"Uma mulher."

Lee deixou o corpo cair com um gemido.

"Meus lábios estão selados", ele disse. "Não posso falar."

"Bem, de qualquer maneira", disse Smith, levantando--se, "é pouco provável que eu permita que o medo me tire de um quarto que me agrada muito. Seria fraqueza demais de minha parte recolher todos os meus bens e pertences de lá só porque você diz que Bellingham pode, de alguma maneira inexplicável, me causar algum mal. Acho que vou correr o risco de ficar onde estou, e como vejo que já são quase cinco horas devo pedir que me dê licença."

Ele se despediu do jovem estudante com algumas palavras bruscas e seguiu seu caminho através do doce entardecer da primavera, sentindo-se meio perturbado, meio entretido, como qualquer outro homem forte e pouco dado à imaginação que tivesse sofrido a ameaça de um perigo vago e sombrio.

Havia uma pequena indulgência que Abercrombie Smith sempre se permitia independentemente da pressão que seus estudos exercessem sobre ele. Duas vezes por semana, às terças e às sextas, era seu costume invariável caminhar até Farlingford, residência do dr. Plumptree Peterson, situada a cerca de dois quilômetros e meio de Oxford. Peterson tinha sido amigo próximo do irmão mais velho de Smith, Francis, e, como era solteiro, bastante abastado, contava com uma boa adega e uma biblioteca ainda melhor, sua casa era um objetivo agradável para um homem que precisasse de uma caminhada estimulante. Portanto, duas vezes por semana, o estudante de medicina rumava pelas estradas escuras do campo e passava uma hora agradável no confortável gabinete de Peterson, tomando uma taça de vinho do Porto envelhecido e discutindo as notícias da universidade ou os mais recentes desenvolvimentos da medicina ou da cirurgia.

No dia que se seguiu à sua conversa com Monkhouse Lee, Smith fechou os livros às oito e quinze, horário em que costumava partir para a casa do amigo. Quando estava prestes a deixar seu quarto, no entanto, seus olhos pousaram por acaso num dos livros que Bellingham havia lhe emprestado, e sua consciência o importunou por não o ter devolvido. Por mais repulsivo que o homem fosse, não devia ser tratado com indelicadeza. Pegando o livro, Smith desceu a escada e bateu à porta do vizinho. Não houve resposta, mas ele girou a maçaneta e constatou que a porta não estava trancada. Feliz com a ideia de evitar o encontro, entrou e colocou o livro e um cartão seu sobre a mesa.

A luz da lamparina estava fraca, mas Smith podia ver os detalhes do quarto bem o bastante. Estava tudo como havia visto antes — o friso, os deuses com cabeça de animais, o crocodilo pendurado e a mesa cheia de papéis e de folhas secas. O sarcófago se encontrava encostado na parede, mas a múmia em si não estava ali. Não havia nenhum sinal de outro ocupante dos aposentos, e, no momento em que se retirava, Smith pensou que talvez tivesse sido injusto com Bellingham. Se houvesse algo a ocultar, dificilmente deixaria a porta aberta para que o mundo todo pudesse entrar ali.

A escada em espiral estava escura como breu, e Smith descia devagar seus degraus irregulares quando notou que algo passara por ele em meio às trevas. Houve um vago som, um deslocamento de ar, um leve roçar no cotovelo, tão discreto que ele não podia ter certeza. Smith parou e ficou escutando, mas o vento batia contra a hera do lado de fora, de modo que não ouviu nada mais.

"É você, Styles?", gritou.

Não houve resposta, e tudo pareceu imóvel atrás dele. Devia ter sido um golpe de ar repentino, visto que havia fendas e rachaduras na antiga torreta. No entanto, ele quase poderia jurar ter ouvido um passo bem ao seu lado. Tinha acabado de chegar ao pátio e ainda remoía o assunto quando um homem veio correndo pelo gramado cortado rente.

"É você, Smith?"

"Olá, Hastie!"

"Pelo amor de Deus, venha depressa! O jovem Lee se afogou! Harrington, do King's, acabou de chegar com a notícia. O médico não está. Você servirá, mas deve vir agora mesmo. Talvez ele ainda esteja vivo."

"Tem conhaque consigo?"

"Não."

"Vou buscar. Deve haver um frasco na minha mesa."

Smith disparou escada acima, percorrendo os degraus de três em três, então pegou o frasco e já estava descendo com ele no momento em que, ao passar pelos aposentos de Bellingham, seus olhos pousaram sobre algo que o fez perder o ar e ficar encarando o patamar.

A porta, que ele havia fechado atrás de si, agora estava aberta, e bem à frente dele, sob a luz da lamparina, estava o sarcófago. Três minutos antes, estivera vazio. Ele poderia jurar. Agora, emoldurava o corpo magro de seu terrível ocupante, de pé ali, rígido e severo, com o rosto escuro e seco virado para a porta. Era uma forma sem vida, inerte, mas pareceu a Smith, enquanto olhava, que ainda lhe restava uma faísca lúgubre de vitalidade, um tênue sinal de consciência em seus olhos miúdos que espreitavam das profundezas das órbitas. Tão atônito e abalado ele ficou que esqueceu o que fazia e ainda encarava a figura magra e encovada quando a voz de seu amigo o fez voltar a si.

"Vamos, Smith!", gritou. "É questão de vida ou morte, como sabe. Apresse-se! Agora", prosseguiu, assim que o estudante de medicina reapareceu, "vamos acelerar. Fica a cerca de um quilômetro, devemos chegar em cinco minutos. Mais vale correr por uma vida humana que por um troféu."

Eles dispararam lado a lado pela escuridão, e só cessaram quando, arfando e exaustos, alcançaram o pequeno chalé próximo ao rio. O jovem Lee, lânguido e pingando como uma planta aquática arruinada, estava estirado no sofá, a espuma verde do rio em seu cabelo preto e uma linha de espuma branca sobre os lábios cor de chumbo. Ao seu lado, estava ajoelhado seu colega Harrington, esforçando-se para transferir um pouco de calor para os membros rígidos de Lee.

"Acho que ele ainda está vivo", disse Smith, com a mão na lateral do corpo. "Leve o vidro do relógio perto de seus lábios. Sim, embaçou um pouco. Pegue um braço, Hastie. Agora faça como eu, e logo restauraremos sua boa saúde."

Por dez minutos, eles trabalharam em silêncio, inflando e comprimindo o peito do homem inconsciente. Ao fim, um arrepio percorreu seu corpo, seus lábios tremeram e ele abriu os olhos. Os três estudantes irromperam numa alegria irreprimível.

"Acorde, meu velho. Você já nos assustou o bastante."

"Tome um pouco de conhaque. Dê um gole no frasco."

"Ele está bem agora", disse seu companheiro Harrington. "Céus, que susto levei! Estava aqui lendo, e ele havia saído para caminhar até o rio, então ouvi um grito e o barulho de algo caindo na água. Corri para fora, mas, até que consegui encontrá-lo e tirá-lo do rio, toda a vida parecia ter se esvaziado de seu corpo. Então, Simpson não conseguiu chamar o médico por causa da perna ruim, e eu tive que correr. Não sei o que teria feito sem vocês. Está tudo bem, meu velho. Sente-se."

Monkhouse Lee tinha se erguido com as mãos e olhava desvairado em volta.

"O que está acontecendo?", perguntou. "Estive na água. Ah, sim; eu me lembro."

O medo tomou conta de seus olhos, e ele afundou o rosto nas mãos.

"Como foi que caiu?"

"Eu não caí."

"Então o que aconteceu?"

"Fui jogado. Estava na margem quando fui pego por trás, como se fosse uma pena, e atirado. Não ouvi nem vi nada. Mas sei o que ocorreu, apesar disso."

"Assim como eu", sussurrou Smith.

Lee ergueu o rosto depressa, com a expressão surpresa.

"Então compreende?", ele disse. "Recorda-se do conselho que lhe dei?"

"Sim, e começo a achar que vou aceitá-lo."

"Não sei de que diabos vocês dois estão falando", disse Hastie, "mas, no seu lugar, Harrington, eu colocaria Lee na cama agora mesmo. Haverá tempo o suficiente para discutir os porquês quando ele estiver um pouco mais forte. Acho que podemos deixá-los a sós agora, Smith. Vou voltar para a universidade. Se for na mesma direção, podemos conversar."

Mas a conversa no caminho para casa foi breve. A mente de Smith estava por demasiado ocupada pelos incidentes da noite: a ausência da múmia dos aposentos do vizinho, a passada por ele na escada, a reaparição — a extraordinária e inexplicável reaparição — daquela coisa terrível, e então o ataque a Lee, que em tanto correspondia ao ataque anterior a outro homem com quem Bellingham tivera uma rusga. Tudo aquilo se assentava em sua mente, assim como os muitos pequenos incidentes que já o tinham voltado contra o vizinho e as circunstâncias singulares sob as quais o tinha visitado pela primeira vez. O que havia sido uma leve suspeita, uma conjectura vaga e fantástica, de repente tomara forma e fincara pé em sua mente como um fato lúgubre, algo que não poderia ser negado. No entanto, como era monstruoso! E sem precedentes! Estava absolutamente além de todos os limites da experiência humana. Um juiz imparcial ou mesmo o amigo que caminhava ao seu lado apenas lhe diria que seus olhos o haviam enganado, que a múmia estivera ali o tempo todo, que o jovem Lee caíra no rio assim como qualquer outro homem poderia cair, e que um comprimido azul era o melhor remédio para desordens do fígado. Ele próprio sentia que teria dito aquilo se suas posições fossem trocadas. Contudo, podia jurar que em seu íntimo Bellingham era um assassino e que empunhava uma arma que nenhum outro homem havia usado ao longo de toda a triste história do crime.

Hastie partiu para o seu quarto com alguns comentários ríspidos e enfáticos sobre a falta de sociabilidade de seu amigo, e Abercrombie Smith cruzou o pátio que levava ao canto da torreta com uma forte sensação de repulsa por seus aposentos e suas associações. Ele seguiria o conselho de Lee e se mudaria o mais breve possível, pois como um homem conseguiria estudar quando seu ouvido buscava escutar qualquer murmúrio ou passo no andar de baixo? Ele observou, enquanto cruzava o gramado, que a luz da janela de Bellingham continuava acesa, e, no momento em que subia a escada, a porta se abriu e o próprio homem o encarou. Com aquele rosto gordo e maligno, parecia uma aranha inchada que acaba de tramar sua teia venenosa.

"Boa noite", ele disse. "Não quer entrar?"

"Não", disse Smith, feroz.

"Não? Continua ocupado? Gostaria de lhe perguntar a respeito de Lee. Fiquei preocupado ao ouvir um rumor de que há algo de errado com ele." Suas feições estavam sérias, mas havia algo de uma risada escondida em seus olhos enquanto falava. Smith notou e poderia tê-lo derrubado por causa daquilo.

"Ficaria ainda mais preocupado ao ouvir que Monkhouse Lee se encontra muito bem e não corre nenhum risco", respondeu. "Seus truques infernais não foram bem-sucedidos dessa vez. Ah, e não há necessidade de descaramentos. Já sei de tudo."

Bellingham recuou um passo diante do estudante furioso e fechou um pouco mais a porta, como se para se proteger.

"Você está bravo", ele disse. "Do que está falando? Acha que tive algo a ver com o acidente de Lee?"

"Sim", trovejou Smith. "Você e aquele saco de ossos atrás de você. Ambos agiram juntos. Pois fique sabendo, sr. B., que podem ter parado de queimar na fogueira pessoas como você, mas o enforcamento perdura, e, pelo rei Jorge, se algum homem desta universidade encontrar sua morte enquanto você estiver aqui, vou entregá-lo, e se não for enforcado por isso não será minha culpa. Aprenderá que seus truques sujos egípcios não funcionarão na Inglaterra."

"Você é um lunático delirante", disse Bellingham.

"Muito bem. Mas recorde o que eu disse, pois descobrirá que manterei minha palavra."

A porta foi batida, e Smith subiu encolerizado para seu quarto, então se trancou lá dentro e passou metade da noite fumando seu cachimbo antigo e ruminando os estranhos eventos do dia.

Na manhã seguinte, Abercrombie Smith não ouviu nenhum ruído vindo do vizinho, mas Harrington o visitou à tarde para dizer que Lee tinha voltado quase totalmente a si. O dia todo, Smith se manteve concentrado nos estudos, mas ao entardecer decidiu que visitaria seu amigo dr. Peterson, o que já tentara fazer na noite anterior. Seus nervos abalados receberiam bem uma boa caminhada e uma conversa amistosa.

A porta de Bellingham estava fechada quando Smith passou por ela, mas, ao olhar para trás quando já estava a alguma distância da torreta, identificou a cabeça do vizinho à janela, delineada contra a luz da lâmpada, o rosto aparentemente pressionado contra o vidro enquanto observava a escuridão. Era uma bênção estar distante de todo o contato com ele, ainda que apenas por algumas horas, e Smith pisava firme e inspirava o ar suave da primavera a plenos pulmões. Uma meia-lua podia ser vista a oeste, entre dois pináculos góticos, lançando sobre a rua prateada o traçado sombrio das construções de pedra. Soprava uma brisa revigorante, e nuvens ligeiras e felpudas se movimentavam depressa no céu. O Old College ficava nos limites da cidade, e em cinco minutos Smith se viu além das casas e entre as sebes de uma alameda de Oxfordshire, com o aroma típico do mês de maio.

Era uma estrada solitária e pouco frequentada aquela que levava à casa de seu amigo. Ainda que fosse cedo, Smith não encontrou vivalma no caminho. Seguiu rápido até chegar ao portão que dava para a comprida via de cascalho que conduzia a Farlingford. À sua frente, já a luz vermelha e aconchegante vinda das janelas, brilhando por entre a folhagem. Smith ficou de pé ali, com a mão sobre o trinco de ferro do portão, então olhou para trás, para a estrada pela qual tinha vindo. Algo se aproximava apressado por ela.

Movia-se na sombra da sebe, silenciosa e furtivamente, uma figura escura e curvada, indistinta contra o fundo negro. Enquanto ele a observava, já havia reduzido a distância entre os dois em vinte passos, e se aproximava com rapidez. Em meio às trevas, conseguiu discernir um pescoço comprido e fino, e dois olhos que sempre haveriam de assombrá-lo em seus sonhos. Smith se virou e, com um grito de terror, correu por sua vida avenida acima. De lá vinha a luz vermelha, sinal de segurança, já bem próxima. Ele era um excelente corredor, mas nunca havia corrido como naquela noite.

O portão pesado tinha se fechado atrás dele, mas Smith o escutou abrir de novo para seu perseguidor. Enquanto corria pela noite, de maneira desvairada e desenfreada, podia ouvir um ruído contínuo e monótono atrás de si e, ao olhar para trás, percebia que seu terror seguia em seu encalço aos saltos, como um tigre, com os olhos acesos e um braço delgado esticado. Graças a Deus, a porta estava entreaberta. Smith notou a fina barra de luz lançada pela lâmpada no saguão. O barulho atrás dele estava ainda mais próximo. Smith ouvia murmúrios roucos perto de seu ombro. Com um grito, lançou-se para a porta, batendo-a ao fechar e passando o trinco, então se afundou na cadeira do saguão, quase desfalecendo.

"Minha nossa, Smith, qual é o problema?", perguntou Peterson, aparecendo à porta de seu escritório.

"Dê-me um pouco de conhaque."

Peterson desapareceu e voltou correndo com uma taça e uma garrafa.

"Está mesmo precisando", ele disse, quando o visitante terminou de tomar o que havia servido. "Está branco como queijo, meu caro."

Smith apoiou a taça, levantou-se e respirou fundo.

"Retomei o controle sobre mim mesmo", disse ele. "Nunca fiquei tão nervoso. Mas, com sua licença, Peterson, dormirei aqui esta noite, pois não creio que conseguiria encarar aquela estrada de novo sem dispor da luz do dia. É uma fraqueza, eu sei, mas não posso evitar."

Peterson contemplou seu visitante de modo bastante questionador.

"É claro que deve dormir aqui, se assim desejar. Direi à sra. Burney para preparar a cama extra. Para onde deseja ir agora?"

"Acompanhe-me até a janela com vista para a porta. Gostaria que visse o que vi."

Eles foram até a janela do corredor do andar de cima para poder olhar para o acesso à casa. O caminho e os campos de ambos os lados pareciam silenciosos e calmos, banhados pela serenidade do luar.

"Francamente, Smith", começou a dizer Peterson, "ainda bem que sei que é um abstêmio. O que no mundo pode tê-lo assustado assim?"

"Explicarei em breve. Mas para onde pode ter ido? Ah, ali, olhe, olhe! Veja a curva da estrada, logo depois do seu portão."

"Sim, estou vendo. Não precisa me arrancar o braço. Vi alguém passando. Um homem, eu diria, bastante magro, aparentemente, e alto, muito alto. Mas o que tem ele? E o que tem você? Continua tremendo como uma folha."

"Estive ao alcance do demônio, só isso. Mas vamos descer para o seu escritório e contarei toda a história."

Foi o que ele fez. Sob a luz viva, com uma taça de vinho na mesinha ao lado e a figura corpulenta e o rosto corado de seu amigo à frente, Smith narrou, na ordem cronológica, todos os eventos, grandes ou pequenos, que formavam uma cadeia tão singular, desde a noite em que encontrara Bellingham desmaiado à frente do sarcófago até a terrível experiência de uma hora antes.

"Pronto", disse ao concluir, "eis toda essa sombria trama. É monstruosa e inacreditável, mas verdadeira."

O dr. Plumptree Peterson ficou sentado em silêncio por um tempo, com uma expressão muito intrigada no rosto.

"Nunca ouvi falar em nada igual, nunca!", disse afinal. "O que me contou foram fatos. Agora me conte suas conclusões."

"Você pode chegar às suas próprias conclusões."

"Mas gostaria de ouvir as suas. Já refletiu sobre o assunto, e eu não."

"Bem, talvez os detalhes sejam um pouco vagos, mas os pontos principais me parecem bastante claros. Esse sujeito, Bellingham, em seus estudos orientais, tomou posse de algum segredo infernal através do qual uma múmia, ou talvez essa múmia em particular, ganhe vida temporariamente. Na noite em que desmaiou, ele estava se arriscando nesse negócio revoltante. Sem dúvida a visão da criatura se movendo deixou seus nervos abalados, ainda que estivesse esperando por aquilo. Deve recordar que algumas das primeiras palavras que disse o condenavam como um tolo. Bem, ele endureceu depois, e levou o tema a cabo sem desfalecer. A vitalidade que conseguiu passar à múmia foi passageira, é evidente, pois a vi outras vezes em seu sarcófago, tão morta quanto esta mesa. Há um processo elaborado, imagino, pelo qual a criatura passa. Depois de tê-lo feito, ele naturalmente concluiu que poderia usá-la como sua representante. A múmia tem inteligência e força. Por algum motivo, ele contou seu segredo a Lee, mas o rapaz, como um cristão decente, não quis se envolver com isso. Então, os dois brigaram, e Lee jurou que contaria à irmã sobre o verdadeiro caráter de Bellingham. A intenção de Bellingham era impedi-lo, e quase o conseguiu fazê-lo ao mandar a criatura atrás dele. Bellingham já havia testado seus poderes com outro homem, Norton, com quem tinha uma rusga. Foi por puro acaso que ele não tem dois assassinatos pesando-lhe na consciência. Então, quando eu o confrontei nessa questão, ele teve uma forte razão para desejar me tirar do caminho antes que eu pudesse revelar o que sabia a outra pessoa. Bellingham teve sua chance quando saí, porque sabia dos meus hábitos e para onde eu ia. Escapei por pouco, Peterson, e foi por pura sorte que não me encontrou nos degraus da sua porta pela manhã. Não sou um homem de natureza nervosa, e nunca pensei que o medo da morte tomaria conta de mim como aconteceu esta noite."

"Meu caro rapaz, você está levando o assunto a sério demais", disse Peterson. "Seus nervos estão abalados de tanto estudo, e você exagera. Como tal criatura poderia perambular pelas ruas de Oxford, mesmo à noite, sem ser vista?"

"Ela foi vista. A cidade está em polvorosa por causa de um macaco que escapou, que é o que todos imaginam que essa criatura seja. Não se fala de outra coisa."

"Bem, é uma sequência de eventos impressionante. No entanto, meu caro amigo, deve considerar que cada incidente individualmente é passível de uma explicação mais natural."

"Como? Inclusive minha aventura desta noite?"

"Sem dúvida. Você saiu com os nervos abalados, e a cabeça tomada por essa sua teoria. Um mendigo esquelético, quase morrendo de fome, vai atrás de você, e ao vê-lo correr é encorajado a persegui-lo. Seus medos e sua imaginação trataram do resto."

"De modo algum, Peterson. De modo algum."

"E, da mesma forma, quanto a ter encontrado o sarcófago vazio e alguns momentos depois ocupado, a única iluminação vinha da lamparina, da meia-luz da lamparina, e você não tinha nenhum motivo especial para olhar com atenção para o sarcófago. É bem possível que tenha ignorado a criatura da primeira vez."

"Não, não. Isso está fora de questão."

"E Lee pode ter caído no rio, e Norton ter sido atacado por um estrangulador. Sua acusação contra Bellingham é sem dúvida terrível, mas, se fosse levá-la à polícia, iriam rir da sua cara."

"Sei disso. É o motivo pelo qual pretendo tratar desse assunto com minhas próprias mãos."

"É mesmo?"

"Sim. Sinto que um dever público recai sobre mim. Além do mais, devo fazê-lo pela minha própria segurança, a menos que opte por deixar a universidade com medo desse monstro, o que seria fraqueza demais. Já me decidi quanto ao que fazer. Em primeiro lugar, posso pegar emprestado papel e caneta seus por uma hora?"

"Claro. Encontrará todo o necessário naquela mesinha lateral."

Abercrombie Smith ficou sentado por uma hora e depois uma segunda hora diante de folhas de papel almaço sobre cuja superfície sua caneta deslizava depressa. Página após página era terminada e deixada de lado enquanto seu amigo se recostava em sua poltrona, olhando para ele com uma curiosidade paciente. Por fim, com uma exclamação satisfeita, Smith se pôs de pé, ordenou seus papéis e deixou a última folha sobre a escrivaninha de Peterson.

"Assine como testemunha, por favor", ele disse.

"Como testemunha? De quê?"

"Da minha assinatura e da data. A data é o mais importante. Minha vida pode depender disso, Peterson."

"Meu caro Smith, está falando de maneira insensata. Imploro que vá para a cama."

"Pelo contrário, nunca falei de maneira tão deliberada em toda a minha vida. E prometo ir para a cama assim que tiver assinado."

"Mas de que se trata?"

"É um relato de tudo o que lhe contei esta noite. Quero que seja testemunha."

"Claro", disse Peterson, assinando abaixo do companheiro. "Está feito! Mas o que pretende com isso?"

"Faça-me o favor de ficar com ele e apresentá-lo caso eu seja preso."

"Preso? Pelo quê?"

"Por assassinato. É uma possibilidade. Quero estar pronto para qualquer eventualidade. Há um único caminho para mim, e estou determinado a segui-lo."

"Pelo amor de Deus, não faça nada impensado!"

"Acredite em mim, seria muito mais impensado tomar qualquer outro caminho. Espero não precisar incomodá-lo, mas aliviará minha consciência saber que está em posse desse relato dos meus motivos. E, agora, estou pronto para seguir seu conselho e ir dormir, pois quero estar em meu melhor pela manhã."

Abercrombie Smith não era um homem dos mais agradáveis de se ter como inimigo. De temperamento tranquilo e fácil, tornava-se temível quando levado a agir. Em cada aspecto de sua vida, empregava a mesma resolução deliberada que o distinguira como estudante das ciências. Deixara seu trabalho de lado por um dia, mas não era sua intenção desperdiçá-lo. Ele não disse nem uma palavra a seu anfitrião explicando seus planos, mas às nove horas já estava a caminho de Oxford. Na High Street, parou no Clifford's, o fabricante de armas, e comprou um revólver pesado com uma caixa de cartuchos de fogo central. Pôs seis balas no tambor, postou a arma na posição de segurança e a enfiou no bolso do paletó. Então partiu para os aposentos de Hastie, onde o remador grandalhão fazia o desjejum tranquilamente, com o *Sporting Times* apoiado na cafeteira.

"Olá! Como está?", ele disse. "Quer um café?"

"Não, obrigado. Quero que venha comigo, Hastie, e faça o que eu pedir."

"Certamente, meu caro."

"Traga uma vara pesada consigo."

"Certo!" Hastie ficou olhando para o outro. "Eis uma vergasta que poderia derrubar um boi."

"Outra coisa. Você tem um conjunto de facas de amputação. Passe-me a de lâmina mais longa."

"Aqui está. Parece que vai para a guerra. Algo mais?"

"Não, isso basta." Smith guardou a faca dentro do paletó e abriu caminho até o pátio. "Nenhum de nós é um covarde, Hastie", ele disse. "Acho que posso fazer isso sozinho, mas o levo junto por precaução. Vou ter uma conversinha com Bellingham. Se tiver que lidar apenas com ele, não precisarei de você, é claro. No entanto, se eu gritar, venha e use sua vergasta com toda a força. Compreendeu?"

"Muito bem. Acudirei se o ouvir gritar."

"Fique aqui então. Pode levar um tempo, mas não se mova até que eu volte."

"Sou um poste."

Smith subiu a escada, abriu a porta de Bellingham e entrou. O sujeito estava sentado atrás da mesa, escrevendo. Ao seu lado, em meio à desordem de estranhos objetos, assomava-se o sarcófago, com o número de venda 249 ainda preso à tampa e seu odioso ocupante rígido e hirto dentro. Smith olhou em volta, muito deliberadamente, fechou a porta e, indo em direção à lareira, acendeu um fósforo e pôs fogo na lenha. Bellingham permaneceu apenas olhando, com espanto e fúria no rosto gordo.

"Ah, por favor, sinta-se em casa", disparou.

Smith se sentou também deliberadamente, apoiou seu relógio sobre a mesa, então pegou a pistola, armou o cão e a deixou sobre as pernas. Então, tirou a faca de amputação de lâmina longa do bolso interno do paletó e a lançou à frente de Bellingham.

"Agora", Smith disse, "comece a trabalhar e destrinche aquela múmia."

"Ah, então é assim?", disse Bellingham com desdém.

"Sim, é assim. Disseram-me que a lei não o alcança. Mas tenho uma lei que deixará tudo acertado. Se em cinco minutos não tiver posto mãos à obra, juro pelo Deus que me criou que meterei uma bala na sua cabeça!"

"Vai me matar?"

Bellingham tinha se levantado parcialmente, e seu rosto estava da cor da massa de vidraceiro.

"Sim."

"E por quê?"

"Para impedir sua velhacaria. Um minuto já se passou."

"Mas o que foi que eu fiz?"

"Tanto eu quanto você sabemos."

"É só uma ameaça."

"Dois minutos já se passaram."

"Você precisa me dar motivos. É um maluco, maluco e perigoso. Por que eu deveria destruir minha propriedade? É uma múmia valiosa."

"Deve destrinchá-la e depois queimá-la."

"Não farei tal coisa."

"Quatro minutos já se passaram."

Smith pegou a pistola e mirou em direção a Bellingham, com o rosto implacável. Quando o ponteiro maior completou sua volta, ergueu a mão, com o dedo no gatilho.

"Está bem! Está bem! Eu faço", gritou Bellingham.

Numa pressa frenética, pegou a faca e mutilou o corpo da múmia, sempre atento a seu entorno, com os olhos e a arma de seu terrível visitante apontados para ele. A criatura estalava e se rompia a cada movimento da lâmina afiada. Um pó denso e amarelado saía dela. Especiarias e essências secas choviam pelo chão. De repente, com um estalo final, a espinha dorsal se desfez, deixando uma pilha de membros esparramados pelo chão.

"Agora jogue no fogo!", disse Smith.

As chamas saltavam e rugiam enquanto os detritos secos que mais pareciam estopa eram jogados nelas. O pequeno cômodo era como a fornalha de um barco a vapor, e suor escorria do rosto dos dois homens; ainda assim, um se inclinava e trabalhava, enquanto o outro se mantinha sentado, observando-o com o rosto determinado. O fogo exalava uma fumaça densa e gordurosa, e um cheiro forte de resina queimada e de cabelo chamuscado preenchia o ar. Em um quarto de hora, alguns poucos pedaços carbonizados e quebradiços eram tudo o que restava do lote n. 249.

"Imagino que isso o satisfaça", rosnou Bellingham, com ódio e medo em seus olhinhos cinza, observando seu carrasco.

"Não. Devo me ver livre de todos os seus materiais. Chega de truques diabólicos. Queime todas as folhas! Talvez tenham algo a ver com isso."

"E agora?", perguntou Bellingham quando todas as folhas tinham sido jogadas no fogo.

"Agora o rolo de papiro que estava sobre a mesa naquela noite. Está naquela gaveta, acredito."

"Não, não", gritou Bellingham. "Não o queime! Você não sabe o que faz. É único. Contém sabedoria que não pode ser encontrada em outro lugar."

"Queime!"

"Veja, Smith, não pode estar falando sério. Compartilharei esse conhecimento com você. Ensinarei a você tudo a respeito. Ou, espere, deixe-me apenas copiá-lo antes de queimar!"

Smith deu um passo à frente e girou a chave da gaveta. Tirou o rolo amarelado e o atirou ao fogo, então pisou em cima dele. Bellingham gritou e tentou agarrá-lo, mas Smith o empurrou mais e ficou ali até que tivesse sido reduzido a cinzas sem forma.

"Muito bem, sr. B.", disse, "acredito que o deixei indefeso. Terá notícias minhas se retornar aos velhos truques. Agora me despeço, pois devo voltar aos meus estudos."

E esse é o relato de Abercrombie Smith dos eventos singulares que ocorreram no Old College de Oxford na primavera de 84. Como Bellingham deixou a universidade imediatamente depois e da última vez que se soube dele estava no Sudão, não há ninguém que possa contradizer tal narrativa. Mas a sabedoria dos homens é pequena, e os caminhos da natureza nos são desconhecidos, então quem estabelecerá um limite para as coisas ocultas que podem ser encontradas por aqueles que se dedicam a procurá-las?

Sir Arthur Conan Doyle (1859-1930) nasceu em Edimburgo, na Escócia, no berço de uma família católica e de ascendência irlandesa. Atuou como médico por muitos anos antes de se dedicar apenas à carreira literária. Em 1887, publicou *Um estudo em vermelho*, primeira aventura estrelada por seu personagem mais conhecido: o excêntrico e talentoso detetive Sherlock Holmes. O livro deu sequência a uma série de histórias envolvendo o protagonista, que permanece até hoje no imaginário popular como uma das maiores criações da literatura.

Além das narrativas policiais, e inspirado por autores como Edgar Allan Poe (1809-49), Conan Doyle escreveu ficção científica, teatro, poesia, não ficção e muito mais. *Mistérios perdidos*, publicado pela TAG exclusivamente para você, é uma coletânea ilustrada e composta por três contos do autor: *O anel de Tot*, *Lote n. 249* e *O conde do Château Noir* (este último inédito no Brasil). As histórias propõem uma imersão no universo gótico do escritor, que trabalha os limites entre a realidade e o sobrenatural sem nunca deixar de lado a atmosfera de suspense presente nas aventuras do adorado Sherlock Holmes.

Esta obra foi composta em Clearface ITC Pro pela TAG – Experiências Literárias e impressa em papel Pólen Soft 80g/m² na Ipsis - Gráfica e Editora, em outubro de 2020.